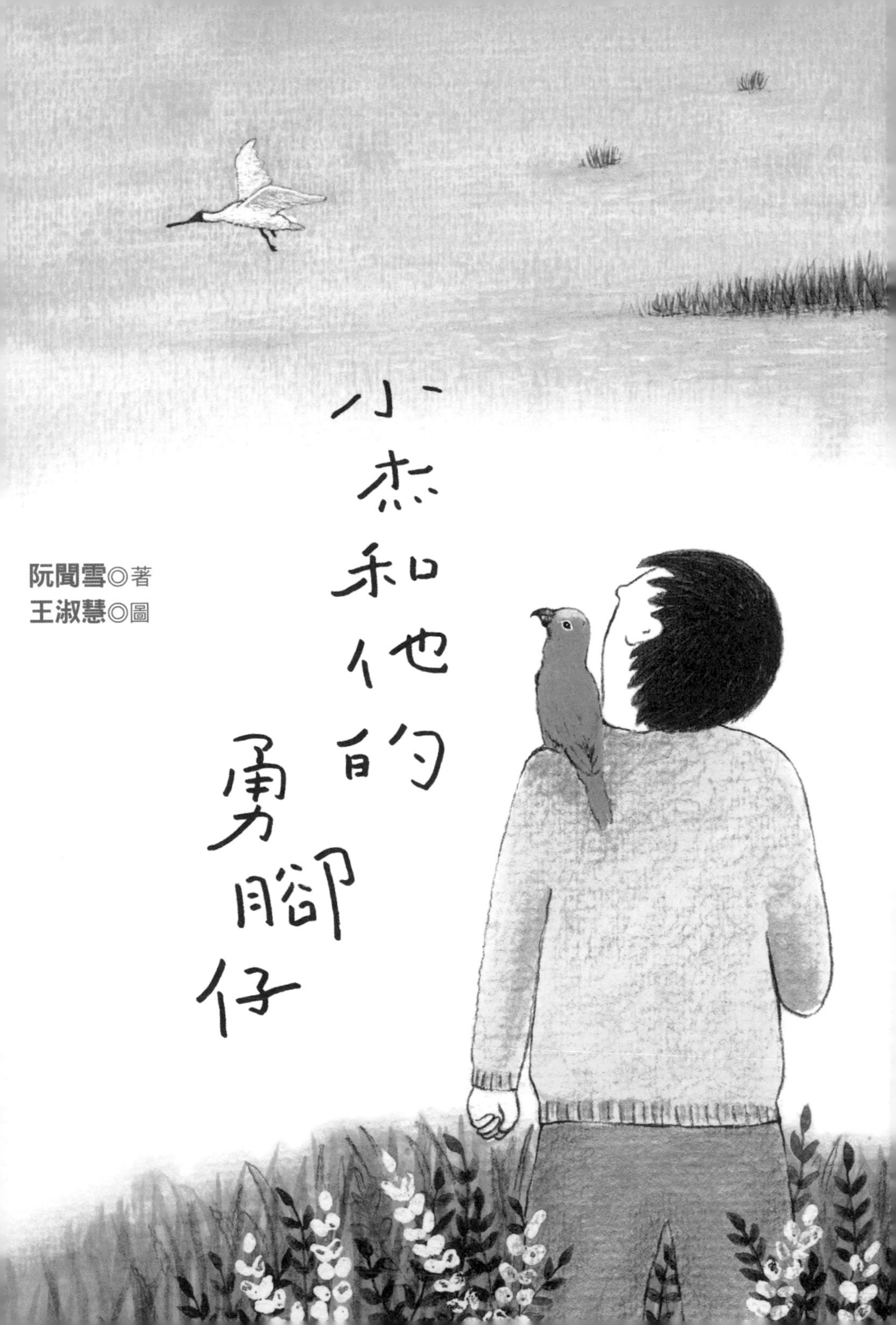

小杰和他的勇腳仔

阮聞雪◎著
王淑慧◎圖

名家推薦

李偉文（少兒文學名家）：

勇腳仔是一隻失去腳掌的黑面琵鷺，小杰是一位沒有媽媽有點憂傷的國中生，兩個生命相遇在溼地，彼此雖然不能互通言語與交談，但卻成為互相關注與打氣的夥伴。

小杰也在學校的人工溼地裡找到自己可以關懷的起點，也因為行動，他獲得了與他並肩努力的好朋友。

《小杰和他的勇腳仔》生動的描繪出屬於青少年心理複雜的情緒，當然也有同學之間的嫉妒與小心眼，如何讓逐漸長大的孩子面對這個世界的不完美，如同失去腳掌的黑琵與單親的小杰，從憂傷中走

出。這個故事讓每一個生命中有缺憾的孩子重新找回希望與信心。

黃秋芳（少兒文學名家）：

用小小的池塘紛爭，對照寬闊的候鳥翱翔，在簡化的社會模型中，透過一場清澈純情的奮鬥，理解一些些好人壞人、一些些好事壞事，小小的歡愉、失落、快樂、悲哀……，幾乎可以放大成任何團體、任何階段，以及隨時可能出現在我們生命旅程中的時空變遷。身處社會邊緣的小杰和殘缺的勇腳仔，在一次又一次挫折和掙扎的泅泳中，揭露「世界並不完美，所以更要勇敢！」的真切領略。

目錄

1

開學了

暑假結束了，今天是開學日。

升上八年級的第一天，小杰換上學校制服，在鏡子前端詳著。放假期間曬得很黑，加上長高了不少，現在看起來身形顯得有點消瘦。台南的暑氣仍然高昂，曬進房間裡的陽光，不一會兒便把人蒸得熱汗直冒。小杰拿起溼毛巾擦了擦脖子，發現制服的領子有一處皺皺的，便使勁的用手拉了拉領角，想讓它變得平整一點。背起書包，仔細的拍了拍換作是別人肯定不會發現的灰塵。

吃完了阿嬤準備的早餐，前往學校。走到院子裡，這才發覺平常慣有的燕子呢喃聲消失了。小杰一向很期待每年初夏時節來訪的燕子，牠們會住進屋簷下的舊巢，沒多久就會生下一窩小燕子寶寶。不過現在已經進入初秋，燕子爸媽帶著已經學會飛行的小燕子，飛往南方的國度了。

「只要是一家人都在一起的話，不管去哪裡都好。」小杰有點羨慕的想著。

噹噹噹噹噹，上課的鐘聲響了。

在這所台南的國中裡，開學後的第一次班會就要召開。許久不見的同學們一進到教室，就嘰嘰喳喳的聊著暑假期間的種種收穫，一群人聊得很興奮，並且互相分享出遊的戰利品，笑得東倒西歪，好不開心。

擔任班導的林老師往教室這邊走來，抵達之後往教室外面的水池看了一眼。經過一個暑假，廢棄的水池顯得更髒了，水面上累積著濃濁的泡泡、魚的屍體以及各類垃圾。林老師皺了一下眉頭，心想：「唉，這個三不管地帶的臭水池，竟然就在我們班級旁，真是無

奈。」

進到教室後，林老師調整好心情，和顏悅色的看著大家。

「同學們早安，放完暑假回來看到大家都曬黑了，都到哪裡去玩了？大家都來說說看吧。」

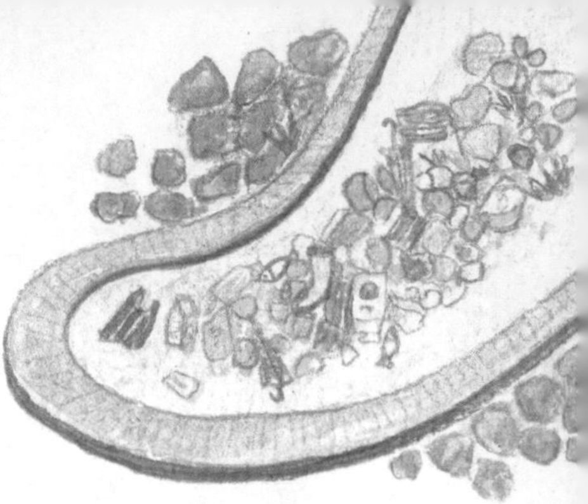

「我和家人去了嘉義鐵道藝術村，欣賞藝術彩繪火車。嘉義是古

早時代重要民生物資貨運的轉運站，像是台糖火車鐵路、台灣鐵路、阿里山林業鐵路等均交會於此，也就是三鐵共構的都市喔。」成績好又喜歡收集火車模型的曉青，拿出自己在藝術村完成彩繪的火車模型，讓大家傳閱著。

「曉青同學總是能夠從生活中學習新的知識，很棒喔。」

「我們全家去了竹崎公園天空走廊，又稱花仙子步道，那裡真的好美喔！我們還喝了下午茶，在森林裡面優雅的喝著下午茶，風兒徐徐吹著臉龐，讓我真的好想住在那裡喔。」氣質小美女悠悠，拿出了在步道拍攝的照片，以及素描的畫冊分享給大家欣賞。

「爸爸帶我去台北的姑媽家住了一個暑假。我參觀了市政府，還去了美術館和圖書館。我爸爸說全台灣最厲害的建設都在這裡，最有上進心的人也都在這裡打拚。我看到好多有趣的人事物，台北真是進步的城市。」博學多聞的小貴同學，分享了他在台北的所見所聞，過得相當充實。

「我和家人去山上拜拜，我媽媽去拜拜祈禱我家的農作物豐收，不過我比較想去海邊玩啦!可以摸蛤仔兼洗褲，鹽烤牡蠣吃到飽！」一整天零食吃不停，便當總是吃最快的男同學朱朱仁說。

林老師說：「嗯，祝福朱朱仁同學家的農作物大豐收。不過海邊可不是同學們可以自己去玩的地方，出遊一定要隨同家人，大家知道嗎？」

「知道了。」同學們齊聲回答。

所有的同學陸續分享暑假出遊的心得，才過了兩個月的暑假，班導林老師覺得同學們一下子長大了不少；她一邊聽著同學的旅遊心得，一邊觀察同學們。漸漸的，所有同學都講完旅遊心得了；她發現坐在角落的小杰，正默默低著頭，像是在紙上畫畫，又像是在寫字，似乎並沒有融入大家歡樂討論的氣氛中。這時她想起小杰似乎還沒有講他去哪裡玩。於是她叫了小杰的名字：

「小杰同學，你比其他同學曬得更黑喔，要不要告訴大家你去哪裡玩呢？」

有點靦腆內向的小杰，突然被老師點到名顯得有點驚慌，不過看到她正笑瞇瞇的看著自己，就稍微放心一些。

「我陪阿嬤去了台南公園，我喜歡公園裡的燕潭，因為可以看到白鷺鷥。如果是天氣晴朗的晚上，月亮投影在湖面上很美。我和阿嬤通常都一大早去，那時很安靜，空氣很好……」

小杰話講到一半，朱朱仁突然插話：「而且還可以撿寶特瓶！」

頓時，班上喧鬧的聲音降低了不少，似乎同學們都想知道這句話

是什麼意思。

林老師腦海中閃過上學期進行家庭訪問時，到小杰家拜訪的情形。確實，在小杰家前面的院子裡，光是資源回收物品就占了一半空間。小杰是單親家庭，媽媽已經過世，爸爸在外地工作，而他和阿嬤則住在台南老家。阿嬤是個勤儉的老人家，有空就會做資源回收貼補家用，雖然如此，家裡四處總是整理得乾乾淨淨，據阿嬤說，小杰很懂事也很愛乾淨，總是主動幫忙打掃，是個好孩子。

自從家庭訪問後，林老師就特別注意小杰，她發現小杰儘管成績普普通通，但是每週交上來的聯絡簿總是乾淨整潔，他所使用的物品雖然看起來陳舊，卻總是有股潔淨感。縱使個性有點靦腆，但禮貌待人，和同學相處也很融洽，所以也就沒什麼好擔心的。

朱朱仁接著又說：「小杰和他阿嬤常常去台南公園撿寶特瓶，我都看到了。」一邊說還一邊仰頭又喝了一口用寶特瓶裝的可樂。

「看到就看到，幹嘛給人家講出來，還講那麼大聲。對了，朱朱仁同學，你每次喝完飲料，空瓶子都亂丟，上學期還害我們班上的環境衛生被扣點耶，請問你，把喝完的寶特瓶好好的放入回收桶有很難嗎？」很有正義感的女同學小墨，把朱朱仁罵了一頓，還對他做了一個鬼臉。

「那幾次是回收桶太滿了，才會不小心掉在旁邊啦！」朱朱仁一點也不甘示弱，回敬小墨一個更大的鬼臉。

「我阿嬤常說現在的人使用東西都太浪費了，許多東西都是用一次就丟，她覺得這樣很不好。阿嬤還說，小孩子要養成勤勞節儉的好習慣，所以，我趁著暑假有空，常常去幫阿嬤撿寶特瓶做資源回收啊！」小杰說。

同學們開始七嘴八舌起來，班上又恢復了喧鬧聲，有幾個同學表演要丟寶特瓶，卻一直丟不準回收桶的滑稽模樣。有些同學則模仿老婆婆，一副走路不穩卻又著急的想撿掉出來的寶特瓶。同學們互相嬉鬧，笑得樂不可支。

「好了，同學們安靜一下聽我說，做好資源回收是很重要的環保工作，小杰同學常常跟阿嬤一起做資源回收，不但能活動身體，還能保持環境整潔，是很值得鼓勵的行為。同學們無論在家裡，在學校，或者是出外遊玩，都要隨時注意，隨手做環保，可以答應老師嗎？」林老師說。

「可以，沒問題！」同學們齊聲回答。

「看來各位同學在暑假期間都過得很充實，下週五記得交一篇暑假旅遊心得報告給我。接下來呢，我們要來進行這學期的班級幹部遴選，請大家依據職務別分別提名，然後進行表決。那麼，首先是班長和副班長，請同學們在每一項職務上提名三位人選喔。」

經過大家一番提名和陸續表決之後，林老師將選舉結果逐項寫在黑板上：

班長／副班長：周曉青／張君如

學藝股長：單悠悠

風紀股長：田小墨

體育股長：林一晨

「咦？那是什麼味道？好難聞喔。」一個同學說。

「是放掃除用具的櫃子發臭了啦！」

「不止喔，還有外面水池飄進來的臭味！你們看，竟然還有死魚，真噁！」

就在大家討論臭味來源時，一個同學舉手說：「老師，我們還沒有選出衛生股長耶。」

咦？衛生股長呢？這時大家赫然發現漏選了衛生股長，雖然有點烏龍但其實一點也不意外，這是因為衛生股長一向是個非常吃力不討好的工作，除了工作繁重無趣，同學們長期配合度不佳也是個問題。尤其上學期，本班級竟在校內環境衛生的評鑑上吊了車尾，全班同學還因此被處罰，花了半天的時間打掃學校周邊，這真是太丟臉了。所以沒有同學敢提名衛生股長，因為就像陷害同學於不義，更別提有人主動擔任這個大家敬而遠之的職務了。

「喔，對喔，那請大家來提名衛生股長人選吧。」

林老師用她一貫和善的眼神看著大家，期待能生出提名人選，需要三個。喔不，即使一個人選也可以，這時候班級內一反往常的陷入一片靜默，甚至聽得見遠處操場上，校狗吠了幾聲。還真是沒開過這麼安靜的班會啊！這時候林老師走下講台，開始在同學的座位間慢慢的走著。

同學們都悄悄的低下頭，屏住呼吸似的沉默著，深怕自己的眼神，一個不小心和別人交集了就會被提名，接著便在大家幸災樂禍的鼓掌中，擔任起史上最倒楣的衛生股長。

五分鐘過去了，沒人說話……沒人說話……還是沒人說話。

「我倒是覺得有個同學滿適合擔任衛生股長的喔，我來提名一位同學好嗎？」林老師走到了角落，停下來說。

「好。」剛剛那些確定已經入選班級幹部的同學們，用著毫無牽掛的開朗語氣回應林老師。

「老師想要提名李小杰同學。」林老師一說完，除了傳來了噗哧噗哧的笑聲，更多的是此起彼落的，像是鬆了一口氣的歡呼聲。

「大家有發現李小杰同學在課後打掃清潔的時候，總能優先做完分內工作，並且順便幫沒有來上課的同學打掃嗎？老師注意很多次，小杰同學在這方面真的很認真負責，而且我也相信他一定能協助同學們妥善完成資源回收的工作，是不是啊？」

「我也覺得耶。」一個同學說。

「我上學期生病請了幾次假，都是小杰幫我擦好黑板的，真的很謝謝你。」

「我記得每次小杰擔任值日生那天，班上總是特別乾淨耶。」

「我們班級的衛生評鑑，在上學期被評為最後一名。身為班導的我呢，也的確常常被校長留下來課後叮嚀，常常因此耽誤了不少約會的時間。不過大家千萬不要灰心，這學期我們重新規劃整頓，好好加油。小杰同學，這學期是否能夠幫忙老師，協助班上做好環境清潔的工作呢？」林老師說。

「可是老師，小杰從來沒有擔任過幹部耶，也沒有參加過任何比賽。該怎麼說呢？對了，這就是所謂的素人參政啦，到時候會不會不知道要怎麼分配工作啊？」能說善道的小貴同學，邊說邊做出傷腦筋的動作。

「我是怕小杰他根本叫不動同學們，班上的同學都太懶了啦，會不會到時候都是小杰一個人在打掃，做到晚上八點才回家啊？」剛選上風紀股長的小墨忍不住擔心起來。

「要是小杰願意擔任衛生股長的話，我可以協助他。像上學期的體育室大翻修，小杰就幫了我不少忙耶，所以我相信小杰可以勝任這個工作。」高高帥帥的體育股長林一晨說。

「小杰該不會要一直叫我們到處撿寶特瓶回來賣吧？」朱朱仁正打算繼續發牢騷，卻發現小墨正回頭瞪著自己，於是便閉上嘴巴假裝沒事。

「老師也相信小杰同學可以勝任這份工作。其實不只是小杰，只要有心，每一個同學都要把自己該負責的事情好好的完成，這才是大家來學校應該要學習到的主要精神，不是嗎？」

「是。」同學們齊聲回答。

「為了不再讓本班環境衛生吊車尾這件糗事，干擾到我下課後的約會心情，請各位同學，在這學期中務必多多加油。小杰同學，你覺得呢？」

「好的，我願意試試看。要是阿嬤知道我擔任這個工作一定很高興，她覺得小朋友應該把自己分內的事情做好，即使只是像打掃環境清潔這種看起來似乎不是特別偉大的事情，也不能草率完成。然後，就像老師所說的，也希望同學們到時候能多多幫忙，謝謝老師。」小杰說。

「太好了，今天我們很順利的選出了班級幹部，新學期新希望，大家應該給自己一點掌聲。」林老師開心的說。

噹噹噹噹噹，下課鐘聲響起。

新學期新希望，小杰在心中默念著這句話，腳步輕盈的踏上回家的路。

小杰回家的路途上，總會經過一處天然溼地，因為這裡安靜又舒

適。所以他常常在週末的時候，帶著午餐和漫畫來這裡，度過一整個下午的時光。

小杰有時也會回想起更小的時候，爸爸媽媽帶著他，一起來這裡野餐的往事。對於細節已不復記憶，但他懷念那種全家人聚在一起的溫馨感覺。

特別是被媽媽牽著手，隨性的走在河堤

上，那種讓他一邊探索世界，一邊有所依靠，可以完全信賴的安全感。

然而，媽媽卻一下子就消失了，快得來不及讓他理解更多有關於媽媽的事情。像是媽媽喜歡他做什麼事情？討厭什麼事情？考試考差了媽媽會生氣嗎？會禁止看漫畫嗎？還有，媽媽認得他現在的樣子嗎？

「我喜歡把房間整理乾淨的習慣，應該是媽媽教的。」小杰對自己說。

因為這世上所有的媽媽，一定都是喜歡愛乾淨的小孩子，沒有例外。他只要把家裡打掃乾淨，媽媽一定會感應到。

他想著，至少媽媽一定會喜歡那麼愛乾淨的小杰。

河的岸邊或樹上，常會有許多水鳥停泊和覓食。喜歡白鷺鷥那身白淨優雅的他，總會數了數今天有幾隻白鷺鷥。

他看見其中有一隻白鷺鷥長得很不一樣，嘴巴的地方不像其他白鷺鷥一樣是尖尖的，而是呈現長長的湯匙狀。他覺得很特別，正要再走向前面一點去看個仔細，那隻長相特別的白鷺鷥卻一下子振翅高飛。

小杰目送著牠那往夕陽的方向飛去的身影。接著很驚訝的發現，牠竟然失去了左邊的腳掌。

「牠真是一隻很特別的白鷺鷥。」小杰心裡想著。

2

親愛的阿嬤

「阿嬤，我餓了，今天晚餐吃什麼呢？」傍晚時分，小杰回到家中，幫阿嬤把回收物收好，一邊對著正在廚房忙碌的阿嬤說。

「阿嬤呀，阿嬤呀，穿著花褲的阿嬤今晚要去哪裡磨揮？啊咿嗚ㄟ歐，就在今夜，阿嬤要去公園跳探戈，探戈探戈，傷心ㄟ探戈……」一邊開始唱起自己隨便改編的歌曲，跟平常上學時有點靦腆的樣子不太一樣，回到家裡的小杰，心情總是放鬆愉快的。

家裡的小黃帽鸚鵡小乖，一看到小杰回來，就興奮的拍著翅膀，還跟著小杰亂唱一通：「阿嬤要去貢丸跳蛋格，蛋格蛋格，相信ㄟ蛋格。」

「呦，親愛的小乖，唱得真好，有沒有想哥哥啊？來，說一遍：小杰哥哥，你好帥！」小杰走近自己一向很疼愛的小乖面前。

「小杰哥哥，你好甩！小杰哥哥，你好甩！」小乖一邊拍翅一邊大喊。

「不是啦，來，再一次：小杰哥哥，你好帥！帥，帥，帥。」

「小杰哥哥，你好甩！甩，甩，甩。」小乖非常配合的繼續大喊，只是發音跟不太上。

「唉呦，小乖笨笨，是看到帥哥太緊張嗎？哈哈哈，我要用咕雞咕雞來懲罰妳。」說著便伸出手指在小乖的胳肢窩裡搔癢一番。

「小乖不笨，小乖很聰明，我是小乖，小乖很懂事。」小乖因為被咕雞咕雞懲罰得很興奮，嘰哩咕嚕的自誇起來，說的都是一些小杰平常教牠的話。

小黃帽鸚鵡是很親人的寵物鳥，學舌的技巧很強，兩年前在牠還是羽毛稀疏的雛鳥時期，就被不知名的陌生人遺棄在公園，幸好讓小杰的乾哥哥葉仔撿到，進而轉送給了小杰。小杰把小乖當妹妹一樣的疼愛著，沒有其他兄弟姊妹的他，更是常常對著小乖訴說心事。

這時候阿嬤走進客廳，看到小杰和小乖一人一鳥兩個傢伙正玩得很開心。

「小乖最近玩太瘋了，連晚上睡覺都還會說夢話。這隻鸚鵡真是一隻長舌鳥，整天講個不停，是想要參加演講比賽嗎？你肚子應該餓了吧？阿嬤再去炒個青菜就可以吃晚飯囉！」

「阿嬤，小乖餓了，小乖想要吃飯飯。」這是小乖每次看到阿嬤的招呼語。

「阿嬤，我好餓喔，那我來去準備碗筷。」小杰說。

嘟嘟嘟，嘟嘟嘟嘟，客廳的電話響起。

每天約莫這個時候，小杰的阿爸都會打電話回來。在台中工作的阿爸，雖然不能常常陪在小杰和阿嬤的身邊，但是每天都會打電話回

到台南老家，跟母親以及小杰說說話，聊聊一天的狀況。

「來人呀，有電話，快點接電話。」小乖把握機會搶著答腔。

「喂，小杰？我是阿爸啦，我人在外面，現在外面有點吵。今天是你開學第一天，學費都交了吧？有沒有需要什麼額外的費用，阿爸再匯過去給你。」

「喔，阿爸喔，學費都交了，目前沒有額外的費用啦，你還在加班喔？我們正準備吃晚飯，你吃飽了沒？」

「是還在加班啊，你也知道，我老闆是個工作狂，所以我的工作也跟著很忙，今天可能得八點多才能下班去吃晚飯了，你學校那邊有沒有什麼特別的事情？」阿爸匆促的說著，電話那頭傳來都市裡特有的，車水馬龍的喧鬧聲。

「今天沒什麼事啦，才剛剛開學而已，就是班導林老師有幫同學們分配了這學期的工作，這樣。」小杰停頓了一下，猶豫著是否要說出自己第一次擔任班級幹部的事情。阿爸是個外向但性情急躁的人，兩人的對話多半是生活上的瑣事，小杰或許覺得很難跟阿爸聊些心

事，所以決定暫時保留這個祕密。

「那就好，唉呀，我進電梯了，收訊不好，記得跟阿嬤說阿爸有打電話來，有事情可以八點半之後再打給我，你要乖喔，好好好，掰囉。」

「掰掰。」小杰對著瞬間就中斷收訊的電話筒說著，似乎已經習慣和父親這種匆忙的交談。

「掰掰，再見，下次再來喔。」小乖也跟著說，順便開心的轉了個圈圈。

小杰走向廚房，對著正在炒青菜的阿嬤說阿爸剛剛打電話來的事情。順便把兩人的碗筷拿到餐桌上擺好。

「剛剛你阿爸打電話來說了什麼？」

「阿爸問我學費交了沒，以及錢夠不夠用。喔，對了，還提到我

今天剛開學，學校那邊有沒有什麼事情。」

「你阿爸是不是還在加班？」

「對，阿爸最近好像很忙，他說有事情可以八點半之後再打給他。」

阿嬤輕輕的嘆了一口氣，欲言又止，接著沉默了一下，然後幫小杰夾了塊雞肉。

「你要多吃一點，男孩子一定要多吃點飯飯和肉肉，這樣才能長高高。」

「沒問題，謝謝阿嬤，我現在超能吃的，每天下午都還要去買個水煎包填肚子，開學之後更忙了，我得吃飽一點才行。不過阿嬤，妳跟我講話不要再用疊字了啦，什麼飯飯和肉肉的，我已經長大了，萬一要是被同學聽到會很丟臉。」

小杰津津有味的吃著阿嬤料理的晚餐。和阿嬤在一起用餐的每一個晚上，小杰總是把飯菜吃得乾乾淨淨，從不挑食、不浪費，因為他知道阿嬤張羅晚餐的辛苦，以及老人家一直以來的勤儉個性。小杰發自內心的體貼著，這個長久以來照顧他的阿嬤。

祖孫兩人吃完晚餐收拾好餐桌，結束一天的忙碌之後，阿嬤習慣坐在客廳，一邊做點家庭手工藝品一邊看著晚間新聞，而小杰正在一旁忙著訓練小乖學習新詞彙。

這時新聞專題正播報著台中市的快捷巴士啟用以來的消息：

「因應二〇一八年國際花卉博覽會將在台中后里馬場舉辦，台中市政府將ＢＲＴ棕線列為花博舉辦時的重要大眾運輸運具之一，故提前規劃時程。目前規劃路線起自后里火車站……」

「阿嬤，台中很好玩嗎？妳有去過嗎？」小杰問。

「阿嬤，衛生故障。」小乖趁隙插嘴搶答，這是牠剛剛從小杰那裡學到的新詞，其實應該是衛生股長才對。

「台中市太吵了啦，阿嬤年輕時去過，不過花費好驚人喔，阿嬤實在住不習慣捏。」

「是喔，可是我滿想去玩的耶，阿爸什麼時候才會有空帶我去玩啊？」

「我跟你阿爸講一下，下次寒假就帶你去住幾天，小朋友本來就應該到處去增廣見聞，對吧？」阿嬤笑笑說。

「呦，增廣見聞耶，阿嬤妳也會用成語耶，哈哈，我要把這個新發現寫在聯絡簿裡跟老師說。」小杰作勢準備拿出聯絡簿來寫。

「阿嬤也是識字的好嗎？阿嬤有念到國中，還曾經在學校的福利社工作過很長一段時間哩。你寫的聯絡簿我可是都有看懂，也都有仔細看捏。」

「是，我的強者阿嬤，會讀書又會做資源回收，不僅如此，家庭手工藝品做得又快又好，啊咿嗚ㄟ歐，就在今夜，阿嬤要去公園跳探戈，探戈探戈，傷心ㄟ探戈。」

小杰又開始唱起改編歌曲，小乖一聽到小杰開始唱歌，也開始左搖右擺的附和起來。

「對了，小杰，你阿爸是說八點半之後可以打給他是嗎？我看時間快到了。」

「嗯，是的，阿嬤妳有要跟阿爸講什麼喔？」

「沒什麼啦，就是講一些事情。」

「是要講那種大人之間的祕密話題，小孩子不能聽的事嗎？」

「黑白講，哪有那麼多祕密好講。你差不多該去洗澡了，現在開學了，不能像暑假那樣玩太晚。」

「是，遵命！我要來去洗澡囉。」小杰把小乖放回鳥籠子裡，去浴室洗澡。

阿嬤確定小杰已經開始洗澡之後，將電視的聲音稍微調大聲，然後把電話拿到房間裡，準備打電話給小杰的父親。

嘟嘟嘟，嘟嘟嘟嘟。

「喂，順仔，我阿母啦，你忙完了沒？有吃晚飯沒？」阿嬤說。

「阿母，剛下班，等一下要去吃飯，妳吃飽沒？」小杰的父親順仔說。

「都幾點了，我們早就吃飽了。你最近是在忙什麼？你兒子開學也沒有回來，上班族不是都有週休二日嗎？這個禮拜六有要回來嗎？

台中到台南開車也才兩小時。」

「阿母，其實我在新竹找到新工作了，薪水會多一些，房子也找好了，這禮拜要搬過去。這樣一來大概會忙一陣子，這禮拜六還不會回去，家裡應該沒什麼事吧？」

阿嬤停頓了一下，像突然想起什麼事情似的，說：「你上次說的那件事情，進行得怎麼樣了？」

「哪件事情？」

阿嬤深怕被別人聽見似的，左右張望了一下，還下意識的摀住嘴巴，並且降低音量，小小聲的說：「你不是說你有認識一個不錯的女孩子，好像是住新竹，開便利商店。順仔，你該不會是為了她搬去新竹的吧？」

阿爸被阿嬤刻意壓低的說話方式影響，自己也跟著有點不自在起

來，問說：「小杰是在旁邊嗎？」

「沒有啦，你兒子在洗澡，我在房間裡講電話，他應該聽不到，你放心講不要緊。」

「阿母，妳講話突然變小聲害我也跟著緊張起來，沒事不要瞎緊張啦。這又不是什麼丟臉的事。」阿爸說。

「就算不是丟臉的事情，現在也還不能到處講吧，萬一沒成，或是有什麼變卦，或是讓你兒子太早知道，唉喲，叩叩叩，我敲一下桌子，你看我這鄉下阿母，連個話都講不好。」

「別太擔心我啦，我帥哥捏，小杰那張帥臉不就是遺傳到妳兒子？阿母妳要對妳自己生的兒子有信心，噗，怎麼講得我自己都不好意思了。」阿爸忍不住笑了起來。

「所以，順仔，現在是進行得怎樣？你跟那個女孩子是在交往

喔？」阿嬤繼續追問。

「是，有交往了啦，她的便利商店生意很好，女兒剛上小學，所以不方便搬，現在我找到新竹的這份工作待遇好很多，租房子也有補助，所以我搬過去也是不錯的安排。」阿爸說。

「那這樣一來，小杰要怎麼安排？他現在剛升上八年級，之後也可以重新考慮學校的選擇，不過不知道能不能適應。」

「我會先看看新竹這邊有沒有適合的學校，到時候再作打算。」

「你自己的兒子，還是自己帶在身邊比較好，小杰慢慢長大了，他對生活各方面會有更多的需求和想法，我年紀大了，很難一直陪伴小杰，我很希望你的生活能早點穩定下來。小杰他媽媽也過世很久了，看到你們父子兩人這樣孤孤單單的，家裡一定要有個女主人才行。」阿嬤說著說著忍不住有點感傷，便嘆了一口氣。

「阿母，我知道，妳先別煩惱，笑口常開才會身體健健康康，小杰還要麻煩妳多照顧他一陣子。」

「小杰是個性情很好的孩子，幫忙家裡大小事情也都很盡責，唯一的缺點就是有點怕生，也不愛跟同學出去玩。這或許是跟他媽媽過世得早有關，讓他的個性變得有點內向，我記得他小時候很活潑，很愛講話。」阿嬤說。

「再給我一些時間吧，等我這邊穩定一點，到時候我再多帶他出去玩，多多認識新朋友，應該會改善，希望啦。」

「順仔，時間不早了，趕緊去吃晚飯吧，你自己一個人在外面身體要顧好。」

「我會的，還有……阿母，謝謝妳。那我掛電話了，掰掰。」

結束了電話的交談，阿嬤回到客廳，走到神桌前面，雙手合十，嘴裡念念有詞的對著祖先牌位說話。接著走到時鐘下面掛著日曆的地方，認真的翻著日曆，似乎特別關注農曆的部分。然後拿了枝筆，在很多個日期畫上圈圈作記號。

小杰洗完澡走出浴室，將換洗的衣物簡單清洗後，拿到後院晾到曬衣繩上。

經過這個暑假，阿嬤發現小杰突然長高了，今晚曬衣服的時候，已經不

用再拿板凳墊腳了。

看到這一幕，阿嬤心中感覺到很欣慰。

3

葉仔哥怎麼了

週五晚上，門口傳來熟悉的摩托車聲，一聽就知道是葉仔哥騎著他的老爺車來了。小乖很開心的跳上跳下，不斷喊著：「葉仔哥哥，我想你。」

葉仔哥進到屋子裡，先和小乖玩了一陣子，接著走到廚房和阿嬤打招呼。

葉仔哥小時候因為家庭發生變故，因緣際會下受阿嬤扶養過一陣子。出社會上班後，即使工作再忙，常常都會來家中探望阿嬤，陪阿嬤吃晚餐。

葉仔哥在溼地保護基金會工作，熱愛保育工作的他，總是騎著老爺車，到各個溼地保護區進行研究調查。由於這樣的工作性質，甚至有時會好幾天沒法洗澡，身上總是沾滿了泥巴，像是一整個人掉到泥巴池裡一樣。今天，更是渾身臭味的就從溼地下班，直奔阿嬤家。

「阿嬤，我回來囉，最近過得好嗎？」

「葉仔，看到你來阿嬤就開心了。餓了吧，我把湯煮好就可以開動了。」

「好餓喔，哇，有我最愛的燉豬肉耶，感覺更餓了。」

「你去洗個澡，把髒衣服換掉，乾淨的衣服我已經幫你放在浴室了。」

「小杰呢？」

「小杰在他房間啦，說他有事情要忙，你去叫他待會兒出來一起吃飯。」

葉仔哥走到小杰的房間，正準備跟小杰打招呼。就在這時候，啪的一聲，身上的泥巴竟有一大塊直接掉到小杰房間乾淨的地板上。

「葉仔哥，你回來囉？」

「小杰，在忙什麼？」

「是學校的事情啦，我們教室旁邊有一個很髒的水池要幫忙整理，不知該怎麼處理。」小杰露出煩惱的表情。

「喔？是怎樣的水池？」

葉仔哥看了小杰拍攝的髒水池照片，若有所思的想了一下。

「這個讓我來想想看該怎麼處理比較好。阿嬤說要吃飯了，你就先休息一下。」

就在葉仔哥離開房間之後，小杰立刻捧起地上那一坨泥巴丟到垃圾桶，並用抹布擦了好幾次，至於葉仔哥身上好幾天沒洗澡的臭味道，卻還是飄散在房間裡，小杰忍不住皺了一下鼻子。

「沒辦法，我就是有點潔癖。」小杰自言自語的說。

沒有兄弟姊妹的小杰，雖然跟葉仔哥並不陌生，但是葉仔哥大剌

刺的個性，以及不修邊幅的生活習慣，和小杰一向愛乾淨的習慣真是南轅北轍，加上年紀差距不少，小杰並沒有特別主動的親近葉仔哥。

而且，更要緊的是，阿嬤非常疼愛葉仔哥，每次他要來的那一天，阿嬤都顯得很開心，一大早就忙進忙出的張羅著，這讓小杰覺得很在意。

小杰在學校的考試成績普普通通，個性略為內向的他，也沒有什麼出色的課外活動。唯一受過老師稱讚的，就是有禮貌和愛乾淨。喔，對了，應該可以加上這次當選衛生股長的事情。

葉仔哥不一樣，從小就是班上的資優生，課外活動又活躍，常常參加自然科學類的比賽，可以說是學校的風雲人物。阿嬤每次提到他，都是帶著驕傲的語氣，這讓小杰很羨慕。

但是在羨慕之餘，又多了一些其他的感覺。至於那是什麼感覺，小杰自己也說不上來。或許，是自己不想承認的感覺。

小杰有時候甚至會想，如果媽媽還在的話，她會比較喜歡自己還是喜歡葉仔哥？可是小杰又會覺得不該這麼想，因為自己才是媽媽的小孩，媽媽只會疼愛自己，不可能會疼愛葉仔哥，至少不會是跟疼愛自己的方式一模一樣。

不過事實上，小杰也不清楚，究竟什麼才算是媽媽的愛。有時候，學校的作文要大家寫〈我的母親〉，聽到同學所描述的母親，跟她對小孩的付出跟關心，小杰覺得母愛聽起來好像很普通，但又好像很獨特。

然而對自己來說，那些被形容得很偉大的母愛，好像很遙遠，又好像近在眼前。

好比說是阿嬤呢？他知道阿嬤很疼自己，似乎很接近同學們所描述的母愛，但是阿嬤也很疼愛葉仔哥。

小杰常常感到有點困惑。

三人吃完晚餐，回到客廳一邊看電視一邊聊天。

阿嬤問起葉仔哥最近的工作情況。

葉仔哥說，目前他所觀測的溼地保護區，面臨經費不足的問題，工作人員短少和設備欠缺，讓他的研究工作進行得很緩慢。

但這還不是最嚴重的，近一年來，溼地保護區附近的部分土地，有財團想要開發成渡假村，因為廢水處理的規畫還沒有和周遭農地主人達成共識。私底下常常派一些幫派分子騷擾，目的就是希望他們放棄爭議，或是出售土地。

葉仔哥說：「台灣的土地過度開發，對生態衝擊太大。一旦在溼地附近蓋起了渡假村，勢必會嚴重地干擾到溼地內的保育類動植物。」

阿嬤說：「我小時候常去的海邊，現在都是水泥蓋成的防波堤和消波塊，除了很醜，更是讓海岸生物都不見了。」

小杰聽著阿嬤和葉仔哥的對話，似懂非懂。不過他知道，自己喜歡的白鷺鷥，喜歡吃小魚，而小魚要生活在乾淨的湖水裡。還有，牠們需要安心的環境來結婚和生小寶寶。如果湖水不乾淨，或是環境太吵雜，白鷺鷥就不會來住了。

還有，他想起上次在溪邊看見的，那隻長相奇特的斷掌白鷺鷥，不知道牠現在飛去了哪裡？過得好不好？只剩一隻腳掌的牠，會不會被其他鳥類欺負呢？牠那長得像湯匙狀的奇特鳥嘴，會不會很難捕捉到小魚呢？

「真希望還能見到牠。」小杰心中這樣想著。

葉仔哥跟阿嬤聊完天，接著問起小杰最近學校的生活。

「我這學期被選為衛生股長，剛剛就是在寫工作分配的事情。」小杰說。

這時一旁剛睡醒的小乖，伸伸懶腰之後趕緊插嘴：「衛生故障。」

阿嬤說：「小乖黑白講，沒有故障啦，是衛生股長！」

葉仔哥忍不住笑了一下：「小乖還是一樣發音不標準耶。」

「對了，葉仔哥，剛剛跟你說的，我們班級旁邊那個水池，現在因為很髒很臭，小魚全都死掉了。如果把它整理乾淨的話，小魚就會復活，然後還會有水鳥來捕魚，像是白鷺鷥之類的，對嗎？」小杰說。

「你說得對，有這個可能喔，只要有了乾淨的池水，小魚多了，白鷺鷥就會出現，這真是個好主意。」葉仔哥說。

「真的嗎？可是我不知道該怎麼做才好。」

「嘿嘿，你這次可問對人了。葉仔哥的專長呢，就是讓臭池變成香池，把死池救成活池。經過我改造的地方，無一不會變成賞心悅目的好水池。」葉仔哥模仿起搞笑演員的口氣對著小杰說。

葉仔哥立刻打開電腦上網，找了一堆網站和資料，並建立好各類書籤，作為小杰日後查詢資料的去處。

「來，像這個網站介紹的，就是水池改造後的成果喔。」葉仔哥為了增加小杰的想像力，特別找了一個以生態工法改造後的水池，作為參考的範本。

葉仔哥花了一小時的時間，跟小杰說明了跟生態水池有關的趣

事，小杰在一旁聽得津津有味，比在學校上課還要認真。

「我想起一件事情，許多年前曾經跟一組工作人員，幫你們學校進行過水池復育耶，該不會……沒錯，這就是當初那個水池，這樣一來簡單多了。」葉仔哥把小杰拍的照片拿出再看了一遍，然後開心的說。

「葉仔哥，哪有好簡單？根本是好困難。我可能要先學會變魔術，才能讓水池變乾淨，讓魚兒活起來了。」小杰又露出煩惱的樣子。

「你先別擔心，我現在把這座水池的祕密告訴你，你把祕密抄在筆記本裡。然後，我們只要對它施點魔法，一切就會有好的開始了。」

小杰半信半疑，但還是趕快把筆記本拿出來。

落葉堆肥
生態步道
雨水過濾池
集水井

葉仔哥把水池的結構圖逐一畫了出來。此外，還逐項標示出每一種設施的名稱和用途。然後，用最淺顯的方式說給小杰聽。

小杰雖然沒有完全聽懂，但很認真的把每一項設施名稱跟用途全都背起來。

「我把要進行的步驟寫在這一頁，你可以用這本筆記本和老師說明，這個水池應該要怎麼處理，請老師幫你的忙。」

「請老師幫忙？」小杰問。

「嗯，只要請老師幫忙開關一些設備，像是這些。」葉仔哥在筆記本上，標示出請老師幫忙操作的部分。

「在池水完全放乾之後，請同學們一起加入打掃。」

葉仔哥詳細的將步驟一一寫下來，並告訴小杰該如何按照步驟進行。小杰從來沒有這麼認真的學習過一件事務，但在葉仔哥的說明下，這一切彷彿都變得很有趣。

「池水重新注滿後，就可以把這種魚啦、水草啦放進池子裡。慢慢的，你就會發現到驚奇的轉變喔。」

「這樣就是生態水池？」小杰問。

「生態睡死。」睡了一陣又醒來的小乖，精神抖擻的重複一遍，雖然仍是發音不準。

「這些步驟處理起來，大約需要幾週的時間。你隨時可以打電話給我，我也可以到學校幫忙。放心，葉仔哥會幫你。而且，我相信你可以完成。」

小杰點了點頭，重新看了一次筆記本，認真的理解著。他感覺到自己即將要做一件很困難，但很有意義的事情。

這時，葉仔哥的手機接到通訊軟體發來的訊息，拿起來一看：

「葉仔，觀測小組發現黑面琵鷺先鋒部隊已經來了，這次大概先來了六隻。今年來的比較早，聽說那隻沒有左腳掌的也來了，太令人興奮了！明天早上七點，老地方集合。」

「真是太好了！」葉仔哥忍不住叫了出來。

「什麼事情太好了？」小杰問。

「我們小組觀測的黑面琵鷺提早來報到了，感覺今年來台渡冬的黑琵應該會很多耶。」葉仔哥興奮的說著。

「黑琵？」

「就是遠從北方飛來台灣過冬天的黑面琵鷺。因為在冬天時，北方太冷了，原先住在那邊的黑琵就會飛來台灣，等到天氣變暖了再回去。」

「就像我們放寒假一樣。」

「對呀。琵鷺有著扁平如湯匙狀的黑色長嘴，與中國樂器中的琵琶很像，所以叫作琵鷺，俗稱飯匙鳥。又因為活動時的姿勢很優雅，簡直像跳舞一般，所以也被稱作黑面舞者。」

「湯匙狀的黑色長嘴？好特別的鳥嘴喔！」小杰說。

「黑琵的台語叫作烏面撓杯，牠們會用那特別的鳥嘴在水面下撈魚吃，就像我們喝魚湯時，用湯匙撈著吃一樣。」葉仔哥說。

「真是有趣耶！那牠們是從多遠的北方來的呢？」

「從南北韓的交界處，或是從中國大陸東北無人島上飛來的。」

「哇，好像飛很遠，烏面撓杯真是厲害的鳥。葉仔哥，所以你的工作是保護牠們嗎？」小杰瞬間露出崇拜的眼神。

「算是吧！黑琵數量很稀少，真的需要好好保護呀，不然以後就

看不到牠們了。小杰你看，這就是黑面琵鷺的長相，很漂亮吧！」葉仔哥把相機中的黑琵照片拿給小杰看。

小杰仔細的看著照片中的黑琵，覺得有種親切感。似乎很像上次看到的，那隻長相奇特的白鷺鷥。

時間晚了，小杰收拾好書包，回到房間準備睡覺。他突然想起一件事：葉仔哥的肩膀和背部有一大片瘀青。剛剛坐得很近才看得到，但因為太過專注於說話卻忘了問。

「是車禍受傷嗎？還是不小心跌倒了呢？」小杰有點擔心的想著。

阿嬤站在前面院子裡，和準備要騎車離開的葉仔哥說話。

「阿嬤，這是什麼？」葉仔哥拿著一瓶阿嬤給他的藥水，充滿了濃濃的中藥味。

「給你擦瘀青用的。你背部的瘀青那麼大一片，嚇死人了。」阿嬤說。

老人家果然是強者，什麼小事情都逃不過她的法眼。

「應該要去給醫生看看，還是我帶你去看醫生？你今天睡這裡，明天一早我帶你去看醫生。」阿嬤擔心的說。

「這沒什麼啦，過幾天就會好了。這個藥水很有效喔?我會照三餐擦的。」

「看起來不太像是一般的撞傷耶。葉仔，我聽說……」阿嬤突然停住，左右張望了一下，確定沒有人會經過這裡。

「上次里長來我們家，聊到另一個里有發生農民抗爭。他說是農民抗議財團想在附近開發渡假村，對於廢水排放的規畫還喬不攏，雙方好像吵了起來。」阿嬤壓低聲量，小心翼翼的說著。

葉仔哥沒有說話，似乎若有所思。

「葉仔，你是有去加入抗議嗎?是這樣受傷的嗎?里長說，有人看見你出現在抗議人群裡。」阿嬤說得更小聲了。

不但老人家是強者，各區的里長更是消息靈通，所以是雙強聯合

演出。

「我是農家子弟，也認識那個里的人，所以很了解土地對農民的重要性。但是看你這樣受傷，我很擔心。」阿嬤嘆了一口氣。

「我只是在旁邊幫一點點小忙而已啦，受傷是自己撞到的。」葉仔哥不忍心看見老人家為他擔心，於是說了善意的謊言。

「這種要跟別人抗議的事情，還是不要強出頭比較好啦。」阿嬤叮嚀著。

「我知道了，我會小心點。」

秋日的夜晚，一陣涼風吹來，將院子裡一大袋寶特瓶吹得散落一地。葉仔哥幫忙阿嬤把東西撿起來收拾好。

「阿嬤，我先回去了。妳早點睡，晚安。」

噗噗噗噗噗。

小杰躺在床上，聽著逐漸遠離的摩托車聲，一邊想著今天葉仔哥教他的事情。

「上次看到的那隻沒有左腳掌的白鷺鷥，可能不是白鷺鷥喔。倒是比較像剛剛葉仔哥說的黑面琵鷺耶。如果是的話，那麼牠就是從遙遠的北方飛來的囉？哇塞，那也太厲害了吧？我來給牠取個代號好了，叫作勇腳仔黑琵！葉仔哥懂的事情好多喔，所以阿嬤常常稱讚他。還有，原來他的工作不只是在泥巴裡踩來踩去的，還要保護黑面琵鷺，才會總是全身弄得髒兮兮。看來，我真是有點錯怪他了。」

這一晚，小杰對這個來匆匆去匆匆，外表邋遢的葉仔哥，有了不一樣的看法。

4

萬事起頭難

噹噹噹噹噹，上課鐘聲響了。

今天是開班會的日子，新任的班級幹部要向大家介紹本學期的工作重點。

在這之前，班導林老師已經召集各個幹部，約略討論過。現在則是透過班會向同學們逐一說明。

由於幾位主要的幹部，都是上學期的老面孔，像是班長、副班長、學藝股長、風紀股長和體育股長等，他們向同學說明和分配工作都駕輕就熟，所以沒有什麼疑慮就順利過關了。

接下來，輪到第一次擔任衛生股長的小杰上場了。

臨上場前，擔任風紀股長的小墨傳給小杰一張紙條，上面寫著：「小杰，加油喔！」

平常就是小杰的麻吉，擔任體育股長的林一晨，則向小杰比出了讚的手勢，並露出帥氣的陽光笑容。

「各位同學，我發現我們班級裡比較髒的區域，主要分成兩大區塊。第一部分是公共區域，像是垃圾桶、資源回收區，還有收納打掃用具的櫥櫃等等。這些地方因為大家都會使用，但上學期負責清潔的人太少，所以常常都是髒亂不堪。」

小杰第一次說出這麼正經八百，簡直像是參加演講比賽在說的台詞，不禁有點臉紅，眼神更是不知該往哪裡看才好。

台下的同學紛紛往教室後方看去。其實不用看也知道，那邊總是亂糟糟的。

此時看到林老師投給他一個鼓勵的眼神，小杰只稍微停頓了一下，接著說：

「第二部分就是每位同學的座位了，尤其是抽屜。像是放了吃剩的零食，或是好幾天沒洗的體育服，還有堆積了各類雜物等等。」

台下傳來一陣陣噓聲，同學們交頭接耳，然後開始出現喧鬧聲。

「以上這兩個部分，都是會被扣分的重點區域。」小杰補充說明。

「都是朱朱仁同學啦，他的抽屜總是有很多沒吃完的零食。」一個同學開始告狀。

「我昨天還看見有蟲子從裡面爬出來。」

「小補同學的體育服在抽屜放了一學期，都是汗臭味。」

「資源回收區根本沒人整理，而且數量太多了。」

「放掃除用具的櫃子本來就很臭，要是誰被派去打掃那一區一定超倒楣。我先說我不要喔！」

同學們陸續發出怨言，抱怨著誰是環境髒亂的元凶，誰又沒有把該打掃的部分完成。而被點到名的同學，則不甘示弱的開始辯駁。班上瀰漫著不愉快的氣氛，而喧鬧的聲音也逐漸蓋過小杰。

雖然有預想到同學們可能互相有所怨言，可是抱怨的程度超過了小杰和老師的預期。面對這樣的場合，小杰有點不知所措的呆立著，不知怎麼開口說出分配工作的事情。

此時，一旁的林老師發揮安撫的功能，趕緊幫忙小杰緩頰，說分析髒亂的重點並不是要指責同學們，而是因為知道了原因，然後加強處理，才能真的改善。同學們漸漸安靜下來，有些認真的同學則很想盡快知道，到底會怎樣重新分配工作。

小杰說：「個人抽屜的部分需要每天整理兩次，一次是中午午休前，另一次是放學回家以前，抽屜不要放沒吃完的食物，穿過的體育

服須於當日帶回家，雜物盡量減少，並收拾整齊。」

同學之中並沒有人提出反對，其實這都是一些學校平日就在宣導的事項。

林老師問到：「有人知道為什麼要在中午跟下午，每天總共要整理兩次嗎？」

「因為沒吃完的食物會發臭。」一個同學搶答。

「因為在這兩個時間，我們比較有空整理。」

「因為午休跟放學後是檢查人員巡視計分的時候。」

「很好，都答對囉！」林老師笑著說。

「接下來是各排座位區和黑板及門窗，仍然由各排同學自行打掃，然後每個禮拜輪流擦門窗。」小杰說。

林老師說這部分跟上學期一樣，因為大家做的還不錯，也沒有什麼爭議，所以將繼續維持。

「現在要增加每天值日生的人數。由兩人增加為六人，以兩人為一組共三組。每組分別處裡垃圾區、回收區和掃除用具區。」小杰說。

台下的同學們熱烈的討論了起來。

「可是我們的資源回收分類好亂喔！根本不知道該怎麼整理。」朱朱仁同學搶先說。因為他是最容易弄錯的人嗎？或者他只是想製造難題而已。不過沒關係，分類這件事情恰好是小杰的強項。

「我會先幫忙將資源回收區的分類重新標出，請同學按照分類投放，不清楚的同學請找我。」小杰回答。

「小杰太辛苦了啦，這樣豈不是變成天天都是值日生了？」小墨說。

「不如我也來幫忙小杰好了！」林一晨說。

於是小墨和林一晨兩人達成共識，決定要多多幫忙小杰。站在台上的小杰，露出了感激的微笑。

「就算分好類別，一定還是有同學亂丟啦。我才不相信同學們都那麼守秩序，所謂的公共政策，都是有人會搭便車啦！倒楣的都是認真的人。」小貴同學不以為然的說。小貴平常除了很關心時事之外，說話都夾雜著報紙上政治版才會出現的名詞。雖然他沒有被選為班長，但因為博學多聞，發言不但犀利還能引經據典，常常代表班上參加演講比賽。所以在很多事情上，有很多同學支持他所提出的建議，像是有著一群小粉絲一樣。

林老師說希望大家都能按照規定，但是為了減少不遵守的習慣，針對犯規的同學會扣分。然後排入下週當值日生，幫忙原先的值日生處理工作。

而小貴同學雖然同意扣分的規定，但卻也提出了各種互相監督的方法，因為他認為只有少數人檢查會造成不公平，擔心有人常常莫名其妙被扣分，或是有人做得不好卻沒事。其中朱朱仁和幾位同學紛紛表示贊同，認為檢查的事情應該讓更多人加入才對。

於是，除了小杰、小墨和林一晨以外，又推派了小貴等共五位同學加入，成為清潔檢查的成員。

老師和小杰又幫同學們訂定好所有相關規則之後，宣布於今天立刻開始正式實施。

針對剛剛定好的新作法，有些同學開心的鼓起掌來，都是那些本來就比較愛乾淨的學生。以學藝股長單悠悠為首的女生族群，像是要跟某些懶惰同學的暗黑系抽屜宣戰一樣，立刻把原本就整潔的抽屜，

清潔檢查
值日生
王大川
江嬌娃

再次整理一番，甚至還擺上了鮮花。

至於像是朱朱仁同學這種喜歡把抽屜當冰箱用的，或是小補同學那種把抽屜當成洗衣籃的，則是一邊發出哀嚎聲，一邊不乾不脆的整理著。

千里之志，始於抽屜！

乾淨的抽屜就是成功的一半！

小貴同學吆喝著他的小粉絲們，立刻動手清理抽屜。

經過一陣忙碌，大家的座位都變得乾淨了。

「接下來，我們還有一件事情要徵求各位同學的意見。大家都知道我們教室旁邊，有一個沒人管的水池，對嗎？」林老師說。

「那麼臭很難不注意吧？」一個同學說。

「每天配著它吃便當真的很不是滋味。」

「就算是尼斯湖水怪也住不下去，我猜。」

「應該要處罰那些賣黑心食品的商人，去水池裸泳一整天。」

指責一個臭水池，立刻就能引起大家的共鳴。同學們開始添油加醋的形容，自己和這個臭水池有多少的愛恨情仇。

「真是辛苦各位同學了，那麼大家希望它變乾淨嗎？」林老師說。

「可是老師，上學期我們也有跟總務處反映過這件事耶。結果只有跟我們說要注意自身安全，不要太靠近水池。」一個同學幽幽的說。

小杰在今天開班會之前，已經帶著葉仔哥前來學校，和林老師討論過整個復原計畫了。林老師想起數年前，學校方面請來一個工作團隊把水池改造完成，葉仔哥就是其中的工作人員之一。記得當時的水池確實運作良好，常有自然科的老師帶學生來這裡作生態教學。只因為總務處人員異動頻繁，相關資料逐漸遺失，久而久之就沒有人認真維護，如今更變成了這副眾人嫌的模樣。

其實總務處也正為了臭水池的事情在傷腦筋。原本已經考慮將水池填平，現在聽到林老師和小杰願意提供協助，甚至還有葉仔哥這個專業的顧問兼志工，總務處再開心不過了，劉主任馬上提撥了一筆小小的經費作為支應。

由於經費不多，所以一開始的垃圾清理，跟重新運作後的日常維護，則需要學生們支援，只要林老師的班級可以協助，那就沒有問題了。

「老師正要告訴大家一個好消息，小杰已經發現水池怎樣變乾淨的祕密，只要同學們願意一起協助清理乾淨，相信在不久的將來，那裡就會變成一個美美的水池。小杰，你說說看，被拯救後活起來的水池，會變成什麼樣子呢？」林老師說。

「水池如果變乾淨了，就會有小魚和青蛙來住，接著就會有水鳥來覓食，像是常見的翠鳥、夜鷺、白鷺鷥等等。喔，對了，水池裡的水草如果長得好，還會吸收二氧化碳並排出氧氣，減少溫室效應，這對我們居住的環境很有幫助。」小杰說。

或許是因為有了前半場的暖身，小杰說起話來流暢多了。因為這都是葉仔哥教他的事情，也是自己期盼中的樣子，所以說起話來特別的有自信。

林老師覺得小杰變得不一樣了。

一個表現平凡的內向孩子，只要你能發現他的熱情所在，並且給予合適的舞台，就能讓他發光。雖然現在才剛剛開始，但她相信當初提名小杰擔任衛生股長，真是一件很有意義的決定。

林老師協助小杰一一向大家說明整個計畫的階段：

第一階段：由總務處派人維修機械，重新啟動相關設備。

第二階段：水池放乾，協力除去垃圾，掃去髒汙。

第三階段：重新種植水草，注入池水，放入魚苗。

第四階段：水質檢測，以及水草、魚苗存活觀測。

第五階段：以每週／每月／每季／每學期作為週期安排，分別進行不同項目的清潔與維護。

林老師說從第二階段開始，同學們就要加入協助，這些都需要透過下課時間來幫忙。每個階段都如期完成的話，這學期就能把水質生態建立起來，下學期持續讓水池生態良性循環。最終的期望是能建立好一整套作業流程，在本班升上九年級之前，順利的交給下一屆學弟妹接手。

經過一陣子討論，發現同學們漸漸分成三派。

第一派是人數占多數的支持者，大家認為讓水池復活是一件很有意義的事情，而且可以讓教室空氣變清新。主要支持者是班長曉青、小墨、林一晨和其他喜歡自然科的同學們。

第二派是人數占第二多的中立派，他們大多並不反對水池復育，但是如果要排班加入清掃則顯得為難。因為功課好的同學強調放學後要上課輔班，也有同學說自己有其他課外活動要參加。

而小貴同學則提出，本班的強項在國語文及社會科，像是辯論、演講、作文等等，班上每次參加競賽都獲得好成績。而且也才剛剛要開始整頓資源回收等清潔項目，讓同學們把時間花在打掃水池上，似乎不是個很好的選擇。小貴同學認為，應該讓其他班級的同學加入，共同分攤吃力的清掃工作。此外，他認識自然科資優班的同學，或許那個班級的學生，可以讓這件事情做得更好。

第三派是人數較少的反對派，理由之一是家務事繁忙。像是朱朱仁同學就說了，他一下課要回家幫媽媽處理農田的事情。尤其最近又有幫派分子常來騷擾他們家。因為會忙到很晚，因此下課時間要用來補眠和補充熱量。另外，學藝股長單悠悠也說了，這學期的文藝類競賽很多，需要更多人手幫忙才行，水池復育太浪費時間。

面對這麼多不同的意見，小杰覺得腦筋有點轉不過來。對那些抱

持反對意見的同學，他也覺得不能勉強別人才對。又或者，就如小貴同學所說，自然科資優班的同學更有學問，由他們來做這件事，肯定做得又快又好。於是一時之間，小杰不知道該怎麼接下去。

老師提議說：「不如我們先舉手表決吧！讓大家決定，是否同意由本班來進行搶救水池大作戰。」

表決的結果很快就出來，同意的同學超過了一半。

至於需要多少同學加入協助？小墨提議說可以讓同學們自願登記，看看登記的人數再作打算。

方才舉手同意的同學裡，大約有十三個同學登記願意加入。

按照老師和小杰之前的討論，大約需要十五個同學才算勉強剛剛好夠用。因此小墨和林一晨不放棄的繼續鼓吹其他人，希望有夠多的人加入，但是一直沒有同學再來登記加入。

噹噹噹噹，下課鐘聲響了。

今天的班會開得真久，已經到了下課時間，同學們歸心似箭，紛紛收拾書包想趕快回家。

老師把小杰、小墨、林一晨和班長曉青集合起來，說希望大家朝著目標努力。至於經費和人力不足的部分，老師說她會再想辦法湊齊。

同學們漸漸離開教室，剩下小杰獨自一人。他按照事先準備好的方式，開始作起資源回收的標示，順便整理今天累積的回收物品。

過了一會兒，小墨和林一晨帶著點心回到教室。

「小杰，先休息一下吧。我們買了你最愛吃的水煎包，快點來吃。哈，對了，我阿母超會做水煎包的耶，我都稱讚她是水煎包公主，下次我叫阿母做一些拿來給你們吃！」小墨說。

「小杰，你今天看起來超帥的耶，可以幫我在手臂上簽個名嗎？順便體驗一下我的手臂是如此的結實，哈哈哈。」林一晨說。

三個人一邊說說笑笑，一邊吃著水煎包。結束工作之後，一起踏上回家的路。

夕陽的餘暉投射在雲層上，小杰看到一群白鷺鷥緩緩從天邊飛過。

小杰想念他的勇腳仔黑琵，不知牠現在在哪裡？

勇腳仔黑琵，和其他同伴們相處在一起的時候，心情是自在的嗎？會不會有點尷尬呢？黑琵彼此之間也會聊天吧？應該是用黑琵語在交談吧。

小杰常常覺得，每次和同學聊天時，他們提到自己的媽媽，都可以隨性的說著各種狀況和感想。像是媽媽很愛念；媽媽不准我去；還有剛剛小墨的水煎包公主……等等。

但是自己卻沒有什麼心得和回憶可以分享，只能保持沉默。

小杰探索著這種感覺。甚至覺得，他好像可以體會勇腳仔黑琵的心情。是一種夾雜著些許自卑和孤單的心情。

5

工作好像上軌道了

學校中午休息時間，朱朱仁同學第一個把便當吃完，將食物殘渣倒入廚餘桶，便當盒拿到洗手台沖洗一番，然後投入便當類的回收桶。剛剛喝完的汽水瓶，也投入了寶特瓶回收桶。不過卻因為有點分神，不小心將桶子一腳踢倒，使得瓶子散落一地。他趕緊將瓶子一一撿回桶子裡，確認一切都收拾妥當了之後，才走回座位，趴在桌上準備睡覺。

小墨看著朱朱仁的舉動，覺得他開始認真的遵守班上的約定，於是便稱讚了他幾句。

朱朱仁頭也不抬的繼續趴在桌上，邊打著哈欠說：「因為我今天是值日生啊，我可不想放學後還留下來整理。」

小貴同學每天到了中午，總會和別班的哥兒們聚餐，各種小道消息便透過小貴的午餐時間到處流傳著。果然沒有多久，臭水池即將展開搶救計畫的消息，就傳到了自然科資優班。其中有兩位同學，分別是小致和可新，他們兩人在明年畢業以前，需要共同完成一項實驗，所以目前正在傷腦筋。搶救臭水池的計畫很引起他們的興趣，於是找上了小貴，想要先了解一下狀況。

小貴說：「搶救水池的計畫確實還缺人手，但因為負責的人是小杰，他考試的成績普普通通，自然科的表現更是勉勉強強……，加上目前要做的事情，都只有辛苦的打掃活動，並沒有什麼值得一提的科學實驗。換言之，就是這個計畫可能不符合兩位的期待。

「然而換個角度想，這不就是兩位可以好好表現的最佳機會嗎？」小貴又說了。

反應靈活，總能在演講和辯論比賽獲得優勝的小貴，腦袋轉了幾轉，一下子就想出讓兩位資優生加入的理由了。小貴說服了小致和可新，帶著他們去找林老師，表明想加入的意願。

經過小致和可新的說明，林老師覺得他們提出的水質檢測實驗，確實能讓水池復活的計畫更為具體。而且若有了別班的同學加入，應該可以得到總務處更多的支援。林老師召集了小杰等人加入討論，主要是想詢問小杰的想法。

「太好了，這樣一來就有足夠的同學可以幫忙了，謝謝大家。」小杰說。

「聽說你們班的人都很厲害，不過我們班的小杰也懂很多喔，大家要多多幫忙小杰才行！」小墨說。

「我原本期望來的會是你們班最可愛的女生，唉，真可惜。不過還是男生比較好用啦！」林一晨說。

一向好學的班長曉青，已經開始和新加入的同學討論起實驗的細節問題。相較於去了解誰該幫忙誰，又是誰在負責這件事，他更喜歡投入於學問之中。

而在一旁的小貴，除了找來兩個同學加入之外，他並沒有很想積極的參與這個計畫。一方面是因為沒興趣；另一方面又覺得，林老師似乎不像以前那樣，那麼重視他的意見了；甚至，也還沒有找他討論期中演講比賽的事情。

小貴喜歡大家的目光投射在自己身上的感覺，現在他覺得有點失落，但是沒有人發現。

就在小杰等人積極的運作下，工作一天天的進行著，已經過了幾個禮拜，季節開始進入深秋。

從資源回收區也可以看見季節變化的跡象。回收桶裡，最常用來裝清涼飲料的寶特瓶，數量慢慢的減少，取而代之的是裝熱食的鋁罐和關東煮的碗。不過沒有關係，小杰已經做好回收桶的分配調整，在小墨和林一晨協助宣導下，同學們很快就跟上腳步。而在檢查員勤奮的督促下，暗黑系的髒抽屜已逐漸減少。大家努力的成果，反映在學校每週公布的衛生評鑑上，讓班上的排名持續進步。

今天的班會，林老師說要在水池旁邊召開，還準備了許多點心要請大家吃。同學們感到有點興奮，因為是第一次到戶外開班會，還可邊吃點心就像是在郊遊。另一方面，大家猜測著，可能和最近班上的衛生評鑑良好有關。

林老師向水池走來，同學們期待著老師即將要說的內容。

「同學們午安，大家一定覺得在戶外開班會很特別吧？有沒有人知道為什麼啊？」林老師說。

「因為大家都有把座位和抽屜整理乾淨，看起來舒服多了！」一個同學說。

「因為我們班的衛生評鑑進步很多，老師要鼓勵大家。」

「因為資源回收的事情做得很好，得到了總務處的獎勵。」

「同學們說的都對，大家都有認真的遵守約定，讓我們班級的環境真的變好了，老師覺得很欣慰，所以今天要獎勵一下大家。」

「老師，我覺得小杰同學真的很幫大家的忙，還有小墨和林一晨也是。雖然一開始有點辛苦，但現在一切都變得簡單了。」一個同學說。

「是的，尤其是幾位負責的同學，特別是小杰，老師覺得他表現得很好。真的很值得鼓勵喔，請大家給小杰和自己鼓鼓掌。」林老師說。

同學們紛紛表示贊同，熱情的鼓掌著，顯得很開心。

「都是大家願意配合啦，還有夥伴們的幫忙，謝謝大家。」小杰有點害羞的說。

「今天還有一件重要的事情要告訴大家，就是關於旁邊這個水池的祕密。雖然目前參與的同學較少，但是也已經有了不錯的進展，大家要不要猜猜看是什麼事情呢？喔，對了，有參與的同學先不要公布答案，讓其他沒有參與的同學先猜猜看。」林老師說。

「老師，給個提示啦！」一個同學說。

「同學們要善用觀察的技巧，仔細看看水池裡面發生了什麼變化。」林老師說。

同學們三三兩兩的走向池畔，開始觀察水池。

「我是看到小杰他們每天都在水池這邊忙進忙出的。現在才發現，池水變得好清澈喔。」一個同學說。

「自從上次把池水換新之後就不臭了，而且還種上了水草耶。哇，有台灣萍蓬草、水芙蓉和水蘊草，好美喔！」

「老師，有魚，快看！有一群小魚在游耶。」

「我這邊也發現小魚了，有蓋斑鬥魚和大肚魚，牠們好可愛喔！」

「老師，我剛剛好像聽到青蛙在叫，難道小青蛙也住進來了嗎？我最喜歡小青蛙了。」

同學們七嘴八舌的說著自己的發現，大家感到很驚訝，昔日的臭水池竟然變得這麼乾淨，而且還有一群群的小魚悠游其中。

「同學們都發現了吧？臭水池已經逐漸恢復健康，讓小杰他們幾位同學告訴大家，現在進行到哪個階段了。」林老師說。

「我們之前大概花了一週時間打掃，然後將池水重新注入，上週我們把水草盆一一放入，然後再把小魚放進去。本來我們很擔心小魚的生長狀況，前幾天也發現有小魚死掉，不過在其他同學的支援下，水質變得較為穩定，今天小魚看起來健康多了。」小杰說。

「水質要如何維持乾淨，好讓小魚能穩定的生長，這是接下來的考驗。還好有兩位自然科資優班的同學，小致和可新協助作水質的監測，往後還會有總務處的老師協助我們，希望能通過考驗才好。」班長曉青補充道。

小墨和林一晨接著說明了清理水池、種植水草和魚苗投放過程的種種趣事，同學們這才發現到，原來參與搶救水池大作戰這麼有趣，雖然辛苦但很有意義，於是又多了幾位同學自願加入水池計畫的工作。

林老師看到今天的成果，以及學生們共同參與計畫的熱情，心中覺得很是欣慰。小杰等人也逐漸得到同學們更多的支持。大家紛紛討論著，或許學校期末的衛生評鑑比賽，班上可以得到不錯的成績。

班會結束之後，林老師跟小杰說，因為總務處覺得搶救水池大作戰很有意義，希望能推派小杰參加期中演講，跟全校師生講述這個故事。從沒參加過演講比賽的小杰，一開始很猶豫，但小墨等人一直鼓勵他；還有班長曉青也說了，會一起幫忙準備講稿內容，要他放心。

演講比賽的事情，很快就傳到班上。一直以來都是代表班上出賽的小貴，沒多久也知道了。表面上，小貴的說法跟大家一樣，都覺得

讓小杰演講搶救水池大作戰很有意義，不過心理上，小貴卻不大能接受這樣的安排。

這一天中午，小貴和自然科資優班的小致和可新一起吃午餐，聊起水池的事情。

「搶救水池的計畫，到目前看起來滿順利的，你們兩位一定幫了不少忙吧？」小貴試探性的問著。

「我是負責實驗設計，像是找資料和設計觀測項目。」小致說。

「我是根據小致的設計，一一進行驗證和統計，然後再跟老師們討論。」可新說。

「我覺得有件事情很奇怪，為何老師都強調是清潔工作做得很好，而沒有說是你們的水質監測做得好？還說這一切都是小杰的功勞耶。」小貴說。

「我是沒想那麼多耶，我是希望我的實驗設計能更加進步，對之後申請學校有幫助。」小致說。

「我也是，我希望自己在畢業之前能繳出好的代表作品。」可新說。

「不過這個成果可能會被小杰他們搶先囉，我們班長曉青也正積極的跟老師討論水質監測的結果喔。這樣子你們不會擔心嗎？」小貴誇張的說。

「我是有聽學長提過，實驗成果的功勞區分不清的例子。我覺得不要和班長曉青的實驗混在一起比較好，但是……」小致欲言又止，似乎覺得不應這麼快下結論。

「這學期結束之前一定要提交報告，如果實驗成果又跟曉青的重複，那真是不太妙。」可新感到有些緊張。

小貴的說法，如他期望的引起了兩位同學的緊張，他順勢接著說：「兩位同學不要太擔心，我想到一個辦法，不但可以凸顯兩位的存在感，讓老師知道你們的重要性，同時又不會危害到別人。」小貴說。

「什麼辦法？」可新問。

接著小貴便對著兩位同學，說明了他想到的辦法：「暫緩水質監測的回報，等過了幾個禮拜再恢復。只要要求小杰他們加強清潔就行了，對誰都不會有危害。這中間雖然會有點混亂，然而這樣一來，就可以讓老師覺得有你們幫忙很重要啊。」

「其實我們最近也想先準備期中考，水質檢測的工作需要簡化，或者就叫作替代方案吧。加強清潔的工作，交給小杰他們就好了。」

可新說。

兩位同學並不知道，其實小貴正打著自己的如意算盤，他認為就算不可能讓演講比賽換成他，至少也要讓搶救水池的計畫顯得不那麼可靠。不甘願的想法，像烏雲一般，此刻正籠罩著小貴的心思。

忙碌了一整天，收拾妥當之後，小杰、小墨和林一晨準備回家。他們三個人最近總是聚在一起討論事情和工作，漸漸的變成很要好的朋友。因為小杰說想去他的祕密基地走走，於是小墨和林一晨也跟著去了。

小杰帶他們來到每天回家會經過的這片溼地，三個人一邊吃水煎包一邊閒聊。

「小杰，你為什麼特別喜歡來這裡呢？」小墨說。

「因為小時候，爸爸媽媽曾帶我來這裡玩。而且這裡很安靜很漂亮。還有，我也想找一隻很特別的水鳥，不知道牠今天會不會出現。」小杰說。

「小杰，你來這裡想找什麼鳥？找鳥得鳥，你該不會是想要以鳥補鳥吧？」林一晨故作幽默的說。

小墨瞪了林一晨一眼。

「咦？牠好像是我的勇腳仔黑琵耶！」小杰小心翼翼的往前走去。

小墨他們輕輕的跟上去，隨著小杰的目光望向遠方。溼地的河口處，有一隻白色的水鳥正在覓食。再仔細一看，那是隻失去了左腳掌的水鳥。

「那是我的勇腳仔黑琵耶，太高興了，今天居然遇見他。」小杰

拿出葉仔哥送他的舊相機，喀擦喀擦的連拍了好多張。

小杰把拍好的相片，用放大功能檢視，一邊喃喃自語著。總算確認，這跟葉仔哥說的黑面琵鷺是一樣的水鳥。

「對，牠是遠從北方來台渡冬的黑面琵鷺，也是我的勇腳仔黑琵。」小杰興奮的說著。然後把自己何時和勇腳仔黑琵相遇，牠又是來自哪裡，還有葉仔哥正在

保護黑琵的事情，對小墨和林一晨說了一遍。

「真是堅強的黑琵，好了不起。」小墨說。

「黑琵從那麼遠飛來台南，真是帥呆了。」林一晨說。

「我希望我可以像勇腳仔一樣，對自己有信心！」小杰說。

這一天下午，和勇腳仔黑琵的相遇，讓三個人的心，有了一種更靠近的感覺。

「印象中，你好像不常提到你的爸爸和媽媽耶？好像只有聽你提過阿嬤，你爸媽有跟你住在一起嗎？」小墨說。

「喔，那是因為，呃，因為……」知道小杰家庭狀況的林一晨欲言又止。

「因為我爸爸在外地工作，最近比較少回來。至於我媽媽，她在我小時候就過世了。」小杰越講越小聲，臉上呈現著些許尷尬的表情。

心思細膩的小墨，輕輕的嗯了一聲，也就沒有再追問什麼。她突然了解到，追尋著勇腳仔身影的小杰，那埋藏在他心裡的，是一種覺得自己遠不如人的苦澀感。那種自卑感就像怪物一樣，總會趁著人心脆弱的時刻，一拳將人擊倒。

6

阿爸難得回家

這陣子阿嬤特別忙碌，但跟平常在忙的事情不一樣，最近不但沒有找小杰一起到公園撿寶特瓶，一向節儉的她，還換掉了一些家裡的舊家具，像是沙發和電視櫃。小杰阿爸順仔的房間，更被阿嬤收拾得乾乾淨淨。特別的是，添購了新的床組和衣櫃。

小杰感覺到家裡變得不一樣了，簡直像是要過新年一樣，然而距離過新年明明還很久。

最近阿嬤和阿爸聯絡得很密切，似乎針對著某些事情在作討論。阿嬤常常跟電話那頭的阿爸提到，哪些日期是好日子。而桌上的農民曆更是被她翻了又翻，畫圈了又圈。

不，這不是小孩子所期待的過新年。

小杰覺得，必定是有什麼好事要發生了，而且是跟阿爸有關的好事。

「阿嬤，今天怎麼買那麼多菜？」小杰幫著阿嬤，把剛買的肉類和蔬菜一一分類，然後準備放到冰箱裡。

「因為你阿爸今天要回來，晚上阿嬤會煮好料的，你今天不要亂跑喔。」阿嬤一邊說，一邊勤快的挑揀出發黃的葉子。

「好。」小杰覺得阿嬤今天挑揀爛葉子的標準，跟平常比起來，顯得很浪費。會有這種情況，通常都是因為有重要的客人要來了。

「對了，今天還有一個阿姨會來。喔，不止，還有阿姨的女兒也會一起來。」

「嗯。」小杰應了一聲，然後沉默著。他有預感，那個有關於阿爸的好事，將會在今晚揭曉。

小杰走到客廳，幫小乖的籠子整理乾淨，換上新的飲水和食物，然後又教了小乖新詞彙。

「一晨哥哥。」小乖複誦著。

「還有呢？」小杰問。

「勇腳仔。」小乖歪著頭回答。

「還有呢？」小杰問。

「小墨姊姊。」小乖回答得很大聲。

小杰滿意的點點頭，說：「小乖真聰明，我要封妳為小乖公主。」

小杰覺得，因為大人總是有大人自己的事情要忙。或許……會不會以後在家裡，只有小乖聽他講心事了呢？

下午的時候，阿爸回來了。還有，一個阿姨和小妹妹。

小杰到院子裡幫忙提行李，有一陣子沒見到阿爸了。現在看到他，和之前見到的樣子有點不同，看起來很有精神，表情顯得很開心，而且很柔和。

「這是小杰。」阿爸向阿姨及小妹妹介紹自己。

「小杰，這是沈阿姨。」阿爸接著又說。

「阿姨好。」給人溫柔感覺的阿姨，而穿著牛仔褲的樣子又顯得很俐落，跟自己住家附近的阿姨們很不一樣，是一個很有都會感的阿姨。

「小杰你好。聽說你想要英文電腦辭典，你阿爸幫你買了一台。」沈阿姨遞過來一個提袋，那是小杰一直想要的翻譯機。

「謝謝阿爸。」

「其實是沈阿姨買的啦，應該要謝謝她。阿姨英文很好喔，功課上有問題可以問阿姨。」阿爸笑著說，似乎很以阿姨為榮。

「謝謝阿姨。」小杰不懂，為何明明是阿姨買給自己的禮物，卻又要說是阿爸買的，大人真是奇怪。

「這是沈阿姨的女兒，叫心怡。」阿爸說

「小杰哥哥，我是心怡。」綁著公主頭的小妹妹很可愛，穿著鵝黃色的洋裝，手裡拿著一只大嘴鳥的布偶，小杰覺得這個小妹妹很有親切感。

「心怡妹妹，妳幾歲了？」小杰降低身體，對著心怡親切的問著。

「我八歲了。小杰哥哥，可以拜託你一件事嗎？幫我播這個卡通，我要看。」心怡遞給小杰一片ＤＶＤ，那是一部鳥和豬的戰爭故事。小杰笑了出來，怎麼小朋友都喜歡看這部卡通，而且通常是天天要看，隨時要看，不看吃不下飯。

「好，哥哥幫你播。」

心怡伸出手牽住小杰，兩人往屋裡走去。小女孩那軟軟嫩嫩的小手，緊緊的牽住小杰，小杰第一次發現，這是一種被人由衷信賴的感覺。

小杰幫心怡播了卡通，並拿出果汁請她喝。卡通的劇情很好笑，描寫一群不時擠眉弄眼，常常發出奸笑的豬，牠們偷走了鳥

蛋。鳥群很生氣，所以把自己當成彈丸，搭乘彈弓射向豬窩，設法要搗爛豬窩，然後討回鳥蛋。隨著故事的進行，鳥的種類越來越多，豬窩也越蓋越堅固，雙方持續對峙，久久僵持不下，所以鳥砲滿天飛，而豬窩則被轟炸得東倒西歪，真是非常的有趣。雖然已經看過很多次，心怡仍然笑得樂不可支。

大人們坐在阿嬤新買的沙發上閒話家常。阿嬤看起來很熱情，頻頻拿出水果和點心，殷勤的招待客人。阿爸看起來心情很好，不停的把水果拿給沈阿姨吃。沈阿姨臉上總掛著笑容，解釋著是去了哪裡給阿嬤買的禮物。而心怡則享受著她的卡通時光。

小杰對於大人間的談話實在不感興趣，倒是比較注意心怡的舉動。

對了，小乖呢？早上的時候被小杰連籠帶鳥的拿到後院曬太陽

了，難怪一直沒聽到牠在長舌，該不會被曬暈了吧？

小杰從後院把小乖拿進屋裡。一進到屋裡，牠便迫不及待的開始說起話來。

「歡迎光臨。」

「小乖不笨，小乖很聰明，我是小乖，小乖很懂事。」

「阿嬤，小乖餓了，小乖想要吃飯飯。」

連小乖看起來都很嗨。小乖是人來瘋，看到家裡一下子來這麼多人，就使盡吃奶的力氣，把牠常講的詞彙搬出來現寶。牠的努力表現，果然引起了心怡的注意。

「小杰哥哥，有小鳥。」心怡看到籠子裡的小乖，立刻從椅子上站起來，顯然真鳥比卡通鳥更吸引人。

「牠是小乖。」

「哇，小乖好可愛喔！小乖會講話耶，好可愛喔！」心怡興奮的湊近小乖，嘴裡不停的說著好可愛。

小杰覺得小朋友表達感想都很直接，跟總是把話放在心裡的自己很不一樣。這時候他注意到，心怡身上穿的鵝黃色洋裝，跟小乖頭上的一抹黃是相同的顏色，這真是有趣的巧合。

「哥哥，這是什麼鳥？是自己飛來的嗎？要怎麼樣教牠講話呢？」心怡問。

「牠是葉仔哥撿到的小黃帽鸚鵡。」

「小黃帽鸚鵡？喔，牠戴著一頂黃色的帽子，跟我穿的衣服顏色一樣耶！呵呵。」

「小乖，這是心怡姊姊。」小杰用著平常教牠說話時的語氣，想要讓牠學會新詞彙。

小乖歪著頭，一雙眼睛咕溜咕溜的看著心怡。

「心怡……姊姊。」小乖說。

「小乖好聰明喔！」心怡高興的拍拍手，呵呵笑個不停，還把自己手上的水果塞給小乖。

受到稱讚的小乖，則開心的轉著圈圈，並輪流抬起兩隻鳥腳，左擺右擺的跳著舞，然後還唱起卡通影片的歌。心怡聽出牠唱了哪首卡通歌，便也跟著唱起來了，只不過，兩個都唱得很不準。

這兩個根本就是同齡的玩伴嘛！小杰在心裡偷偷的笑著，強忍住自己也想跟著玩的衝動。拜託，我已經是國中生了耶。

看到這一鳥一人的組合玩得這麼開心，阿爸和沈阿姨都湊了過來，想知道發生什麼事情。阿嬤則在一旁說著小乖平常有多麼長舌的趣事。

到了晚上用餐時間，阿嬤煮了一大桌豐盛的菜餚，沈阿姨也忙進忙出的幫忙著，看得出阿姨不但身手俐落，和阿嬤也很聊得來。

晚餐前的空檔，阿爸走到小杰的房間，對著正在寫功課的小杰說話。

「小杰，最近學校怎麼樣？功課都還好吧？」

「還好啦，跟之前都差不多，英文跟數學還是一樣難。不對，是更難了。不過現在有了翻譯機，英文我會好好用功的。」

「想不想上課後輔導班加強英數兩科？我在新竹有看到一些不錯的課輔班，離住家又近。」

「新竹？阿爸你不是在台中工作？」

「阿爸最近搬去新竹了啦。要不要搬到新竹跟阿爸住？那邊的國中也滿不錯的。」

「新竹喔？好像很遠耶。」

「今年寒假的時候，你來新竹住幾天，阿爸先帶你熟悉一下環境。」

「那阿嬤一個人怎麼辦？」

「你大伯和叔叔都住在附近而已，他們會常來看阿嬤。新竹的家也有房間可以給阿嬤住，再不然，我也會常帶你回來，這樣？」

「阿爸，你會和沈阿姨結婚嗎？」

阿爸對這突如其來的問題嚇了一跳，停頓了一下。但其實也不能說是令人意外的問題，畢竟小杰已是個十四歲的青少年了。阿爸覺得，開門見山的跟他說清楚，應該比較好。

「小杰，阿爸跟沈阿姨會在過農曆年前左右結婚。沈阿姨在新竹開了一間便利商店，生意很好，所以我們會住在新竹。」

「好，我知道了。」小杰想讓自己顯得很懂事，於是用平靜的語氣回答。

「等寒假過後，新學期開始再轉到新竹的國中，這樣OK嗎？」阿爸說。

「轉學的事情我要再想想，因為現在學校有一些事情在忙。」

「在忙什麼事情？怎麼沒跟阿爸說？」

「沒什麼重要的事啦！阿爸我餓了，阿嬤應該已經煮好了。走吧，我們先去吃飯。」

看起來小杰還是沒有打算要跟阿爸講學校的事情。他覺得此刻的阿爸離他有點遙遠，雖然以前也沒有多近就是了。

晚餐時，阿嬤用豐盛的料理把大家餵飽。從談話中可以知道，沈阿姨的先生在幾年前過世了，和阿爸的認識是透過朋友介紹。沈阿姨在新竹開設的便利商店生意很好，一個女人家要做生意又要帶小孩很不容易。阿爸現在一下班就會去店裡幫忙，未來工作的重心可能會以便利商店為主……。大人們還喝了一點酒，聊得很開心，這是一個屬於大人們的快樂夜晚。

小杰趁著大人喝酒聊天的空檔，悄悄的離開餐桌，跑到客廳看電視。心怡忙著把電視在卡通台間切來切去，偶爾還會跟小乖練習對話，一人一鳥忙得不亦樂乎。

小杰的媽媽在他五歲的時候過世了，差不多也是心怡在她爸爸過世當時的年紀。看著她，似乎有點想起當時自己的模樣，小杰覺得心怡對他來說有種親切感，或許是因為這個關聯性。

心怡說她想吃冰淇淋，小杰便帶著她到附近的小賣店買，兩人一邊走一邊閒聊。

「心怡，妳還記得妳爸爸嗎？他是什麼樣的人？」小杰問。

「我爸爸喔？我記得有一次去兒童樂園玩，很開心。後來他不見了，我問媽媽說爸爸去哪裡了？媽媽說爸爸去了另一個世界，他會在那邊保佑我，讓我平安長大。」

「那妳會想他嗎？」

「會啊，有時還會夢見他。我跟他說，希望他不要在那個世界玩了，快點回來陪我。」

雖然這是心怡的童言童語，但小杰也經常像她說的那樣，希望媽媽能回來。然而又覺得自己還這樣想未免太幼稚了，畢竟都已經是國中生了。此刻，小杰是想從心怡身上，找尋自己當時的身影，以及那些幼稚的願望。

「如果有一天，妳多了一個新爸爸，妳覺得這樣好嗎？」小杰試探性的問著。

「媽媽說以後順仔叔叔會是我的新爸爸，這樣我就多了一個爸爸。一個是在另外一個世界，一個在這裡陪我。媽媽還說，雖然跟別人不太一樣，但是只要會疼我，會照顧我的都是好爸爸。」心怡說。

聽到心怡這麼說，小杰不禁覺得，心怡真是個樂觀的孩子，而沈阿姨也都能跟她說些安慰的話……，這就是一個媽媽最了不起的地方之一。他竟有點羨慕起心怡，有個愛她的媽媽在身邊陪著。

買完冰淇淋，小杰和心怡邊走邊吃。回到家中的時候，父親坐在客廳看電視，阿嬤跟沈阿姨則忙著收拾餐桌。

看到這一幕，對小杰來說，真是久違的家庭畫面，只是女主角並不是自己的媽媽。

「爸爸的身邊有了沈阿姨照顧，這樣也是很好，我應該要祝福他才對。」小杰心想。

小杰想起還有些功課要準備，便回到自己的房間。沒多久，阿爸來到房間，兩人閒聊了一會兒。喝了點酒的阿爸，講話顯得比較放鬆，聊著聊著，便說起自己一直沒有好好陪小杰有點過意不去。不過沒關係，等小杰轉學到新竹，一定會好好陪他。

「阿爸，我學校那邊還有事情正在進行，最快也要等到國中畢業，才能考慮轉到新竹的事情。」小杰說。

「阿爸很希望你能搬來一起住。」

「等我國中畢業了，到時候再打算。不過，我還滿喜歡住在台南的。」——

接著阿爸就沒有再說什麼了。

阿嬤正把小杰晾乾的衣服從後院收到房間來，在一旁安靜的聽著父子兩人的對話。

7

難以預料的阻礙

快放學的時候，班上有股騷動的氣氛，可能因為晚上是聖誕夜的關係，大家心浮氣躁，上課總顯得心不在焉，座位間一直傳來竊竊私語的聲音，同學們傳紙條的飛鴿手更是一直沒停過，似乎大家都在為晚上的行程忙碌著。

班上的氣質美女，學藝股長單悠悠，收到了很多卡片和禮物，不是被她掛在椅子上，就是堆在桌上，甚至還蔓延到她麻吉們的桌上，看得出人氣非常旺。

下課鐘聲一響，同學們拿著早就收拾好的書包，迫不及待的飛奔而去。

小杰的麻吉林一晨一向是帥氣外露不隱藏，在這種特殊節日自然也是人氣王。一下課就有幾個女生等在教室外面，林一晨立刻跟著她們一群人，有說有笑的走了，甚至都忘了跟小杰打聲招呼。

「小杰，我阿母叫我早點回家，因為有人跟她定了五百顆水煎包要晚上送到，我得回去幫忙，今天不能陪你了，你事情做完也早點回家，掰囉！」連小墨都匆匆忙忙的下課回家去了。

小杰準備到教室後方資源回收區，檢查一下今天收拾的狀況，看到朱朱仁和小補兩位同學正在整理。

「兩位同學辛苦了，不過怎麼只剩下你們兩個？其他值日生呢？」

「其實最近有些值日生根本沒有好好整理，隨便弄弄就落跑，事情變得好多。小杰，你看看這一桶，裡面的東西不止亂放，而且根本沒有先把食物殘渣倒掉，這樣子我是要整理到幾點？」朱朱仁沒好氣的說。

「這是怎麼回事？」小杰有點疑惑的說。

「還有，自從抽屜的檢查變嚴格了之後，有時候我早上一來，就發現我的抽屜被塞了一堆垃圾和沒吃完的東西。大家都欺負我愛吃零食，所以把不要的東西往我這裡塞，真的很過分。」朱朱仁說著說著，露出一副要哭的樣子。

本來在一旁默不作聲的小補同學，這時突然把一桶回收物踢倒，在桶子匡啷匡啷地倒下之後，他還補踢了幾腳，讓資源回收物散落一地，而且絲毫沒有打算要收拾好的樣子，最後竟哭著跑掉了。

看到這一幕的小杰，驚訝得說不出話來。

「小補同學怎麼了？」好不容易恢復鎮定的小杰說。

「嘿嘿嘿，我倒是知道怎麼回事喔。」朱朱仁故作神祕的說。明明剛剛還一副要哭的樣子，現在又轉成了熟知小道消息的八卦模樣。

「說來聽聽。」小杰說。

「小杰，你回想一下，你有看到單悠悠同學當過值日生嗎？」朱仁說。

「這個嘛……」小杰對這個問題有點摸不著頭緒，不過還是認真的回想。

「想不起來，對嗎？」

「印像中好像真的沒有耶?!不過怎麼可能？值日生是照學號輪的，都有分配工作，而且還要簽名啊？」小杰忍不住望向單悠悠的座位。當然，她早就離開教室了，只剩下仰慕者們送的禮物被孤伶伶留在桌子上。

「單悠悠不僅沒實際做過值日生的工作，甚至連固定的清潔工作也沒做喔。」

「怎麼可能?如果沒做會被抗議吧?那她的工作誰來做？」小杰

滿臉狐疑的說。

「哪，就是剛剛跑掉的小補同學啊。這學期以來，他統包了單悠悠所有的清潔工作，我們私下都叫他包大人。你知道的吧？小補也是她的粉絲之一，但偏偏今天是聖誕夜，小補根本就被放鳥了！氣哭也是剛好而已，哈哈哈。」朱朱仁沒什麼同情心的說著風涼話。

正如朱朱仁所說的，是小補頂替了單悠悠的所有工作。小杰立刻跑回自己的座位，查了一下值日生班表。今天是輪到單悠悠，還有她兩個麻吉們也是。接著又發現，只要是單悠悠和她的麻吉們輪值，那一天的狀況就會特別多，檢查分數也比較差。再看看那上面的簽名，不同於女生們秀氣的漂亮字體，全都是很像小補簽名時的潦草字跡。

「小補同學是工具人。」小杰腦海裡浮出這個結論。

「怎麼都沒人告訴我？這樣子不行。」小杰喃喃自語，像是在對空氣說話。

面對今天龐大的工作量，朱朱仁決定放手不管，拿起書包就往教室外走。

「不好意思啦，小杰。我要先走了，我阿母說家裡有急事，叫我趕快回去。現在變成這樣，這真的不是我的問題，我已經盡力了，剩下的都不是我該做的。掰啦！」朱朱仁快步往教室外走去，一到了走廊便開始奔跑，噠噠噠的跑步聲迴盪在空無一人的走廊上。

這一天，小杰獨自一人整理到晚上七點，直到校警巡邏時才催促快點回家。

回家的路上，小杰不禁在想，最近因為節日、期中考、校內各項比賽的關係，班上的清潔工作鬆懈許多，加上剛剛得知小補同學這種

工具人的情況，他不知道是否該向林老師反映。

但是他又想，考試對大家來說很重要，班上要參加的比賽也很重要。像是單悠悠就帶領了幾位同學正在忙學校圍牆的設計比賽，很有機會獲得優勝的她，是班上的榮耀，也是老師最疼愛的學生之一。

其實最近還發生了一件事情，令小杰有點難以啟口，那就是有關水池的事情。這兩個禮拜以來，水池的魚群常常死掉，種植的水草也死掉不少。小杰不好意思再跟老師申請經費，所以用自己的零用錢，買了幾次小魚補進去，水草也重新種過幾次。但今天中午去查看的時候，發現魚兒又死掉了幾隻。還有，幾個同學對於最近增加清潔的次數已頗有微詞，而成效卻一直不見好轉。他和班長、小墨他們討論了幾次，似乎還找不出真正的原因。奇怪的是，明明之前小魚們都頭好壯壯，其他一切運作也都很正常……水質？水質是不是出了什麼問題？可是有自然科資優班的小致和可新在幫忙監測，若有問題應該會回報才對呀！而葉仔哥最近去國外出差，一時之間真不知該向誰求救。

他也不好意思向林老師求救，一方面是林老師最近忙著學校的專案，以及班上其他項目的比賽。另一方面，後天就要上台演講搶救水池大作戰了，小杰怕目前的情況會讓林老師擔心。他還擔心，萬一搶救水池的計畫不成功的話，會讓參與的同學喪失信心，而且會讓那些批評水池計畫的少數同學看笑話。

第一次擔任重責大任的小杰，不知道怎樣釐清這些問題的先後順序，心事重重的回到家裡。

「你怎麼這麼晚才回來？怎麼了？」阿嬤看到這麼晚才回來的小

杰，擔心的問。

「學校那邊有點事啦，已經處理好了。阿爸他們咧？」小杰問。

「你阿爸本來要等你吃晚飯，但是你回來得太晚了，沈阿姨店裡有點事情，他們趕回新竹了。沒關係，阿嬤也還沒吃，我把菜熱一下，你去洗個手就來吃飯了。」

小杰覺得讓阿嬤等他吃飯很不好意思，但隨即又想到，為什麼自己的阿爸卻沒有等他？新竹啊……小杰開始不喜歡那個遙遠的城市了。

放完假，又是上學的日子。

朱朱仁同學今天起得特別早，提著早餐準備到教室好好享用。他想起放假的前一天傍晚，放著小杰一個人和沒整理完的混亂就回家的事情……不知道那天結果變成怎樣？朱朱仁心中閃過一絲些微的內疚感。

「又不是我的錯，我已經做好我該做的了。既然已經有規定，那就應該讓每個人都完成他該做的才對。」朱朱仁邊安慰著自己，邊走進教室。

因為時間還非常早，教室內空無一人。不過卻有一盞燈開著，那是在小貴同學座位上方的燈。桌上擺了書，但沒有看到他。

朱朱仁一坐下來便開始吃早餐。

「我才不相信同學們都那麼守秩序，所謂的公共政策，都是有人會搭便車啦！倒楣的都是認真的人。」他想起小貴經常掛在嘴上講的這些評語，此時他更覺得小貴真是有先見之明。

「平時已經常常被瞧不起了，這種時候更不想被當傻瓜。」他再

次安慰自己。

吃完早餐，準備把垃圾拿到後面的垃圾桶丟，只不過沒看到廚餘桶，不能丟食物殘渣。但他發現那一天的混亂，竟然全都被收拾好了。

「小杰還真是認真的……傻瓜一個。」他覺得有點不可置信。

朱朱仁走到教室外面，想去看看水池。聽說最近魚群常常莫名其妙的死掉，身為農家子弟的他，家裡的農地也有一個水塘養著水生植物和魚群，或許他可以順便看看，到底這個水池出了什麼問題。

水池周圍空無一人，潺潺的流水聲在清晨裡顯得特別清晰。這時候他發現最角落的樹叢後方有個人影，動作有點鬼鬼祟祟的。是誰這麼早來啊？平常校工並不會幫忙打掃這裡啊，真是奇怪。

接著，那個人影把一桶東西往池裡倒，倒完之後，再用水生植物遮掩。朱朱仁覺得那個人影很眼熟，身形和體育服看起來也宛如班上同學般的模樣。那個人左顧右盼了一下，便從另一側離開了，並沒有發現朱朱仁的出現。

「那個人剛剛在做什麼？」朱朱仁還搞不清楚這是怎麼回事，畢竟他平常沒有在參與水池的事情。不過他直覺的認為，在這種沒人的一大清早，鬼鬼祟祟的倒東西到水池裡，肯定不是什麼好事，加上聽聞最近水池發生的種種異常……

「媽呀！莫非我看到變態了?!」朱朱仁被自己的驚悚推測嚇了一跳，顧不得查看水池到底被偷倒了什麼東西，立刻把臉轉過去背對水池，覺得眼不見為淨最好。

「我早餐忘了買飲料，去福利社好了！」每次遇到壓力，最有效的紓解方法就是吃零食。於是，他立馬奔向福利社。

買了飲料，又吃了一份點心，回到教室之後，看到小貴同學在座位上看書。他穿著體育服。嗯，今天早上是有體育課。

朱朱仁再次走到教室後方，準備丟垃圾。這時他看見稍早之前消失的廚餘桶出現了，正好可以丟食物殘渣，打開一看發現是空無一物。怪了，前天放學整理時，他明明還看到有半桶滿，規定上是今天午休前才會拿到學校的總收集處才對。不知怎的，他有了一種奇怪的聯想，隨即回頭望向正在看書的小貴。

心中充滿疑惑的他，回到座位，趴在桌上回想這種種巧合，然而想著想著便睡著了。

中午的時候，一下子就把午餐吃完的朱朱仁，在好奇心的驅使下，再度來到了水池。現在是大白天，有太陽普照大地的正義光芒，旁邊還有許多人，如果我過去那個角落看一下，應該不至於會發生什麼不幸吧？如果有事就大叫或是跑掉就好了。

「我就看一眼，到底早上被倒了什麼東西。」

他走到角落的樹叢下，聞到了一股濃重的酸臭味，接著他把幾株水生植物撥開，望向水池裡面，這角落是一處淺坡，池底很淺。

有一大堆的廚餘被傾倒在此，看起來已經持續倒了一段時間。

廚餘發酵的酸水和殘渣以此處為源頭，悄悄的飄散在水池裡。

朱朱仁瞬間明白發生了什麼事。

不過，他心中的疑惑並未因此解開，反而更深了。

「是小貴同學倒的嗎？為什麼要這麼做呢？」他實在不明白。

午休過後是社團時間，同學們自由參加各式活動。這時候也是小杰上台演講搶救水池大作戰的重要時刻。

小墨和林一晨還製作了海報為小杰加油打氣。

小杰雖是第一次代表班上演講，但經過麻吉們的特訓，雖然不小心忘詞發呆了三十秒，但整場演講表現得還不錯喔。來聽演講的老師和同學們，覺得這計畫真是有意思，紛紛要求參觀水池。

於是，由總務處劉主任帶領老師們，隨著小杰來到了水池。

小杰為了準備演講的事情，今天都還沒有來看過水池。然而，今

天水池的狀況卻出乎意料的特別糟糕。前幾天放進去的魚苗，此刻竟有大半已翻白肚浮在水面上。剩下的一半，一看就知道已經生病了，在水池裡歪歪斜斜的游著。

劉主任一看，忍不住皺了一下眉頭，心急的詢問身旁的林老師：

「這是怎麼一回事呢？」

兩個老師漫步到樹叢附近，立刻聞到了食物腐敗的酸臭味，還看到一些雞骨頭飄在池邊。

「喔，好髒喔！怎麼會有這些東西？」

「植物都快枯死了耶！」

「水池根本不夠乾淨嘛，整體規畫出了問題吧！」

「這麼難的事情怎麼可以交給小杰？我看他不行吧？」

人群中，有幾位同學不懷好意的批評著。

小杰顯得不知所措，不知該如何回應目前的狀況。喪失信心的他，呆呆的望著水池裡那些瀕死掙扎的小魚。

班長曉青跑到劉主任和林老師面前，試圖解釋水池團隊最近遇到的困難。

林一晨立刻找了幾個同學一起幫忙打撈魚屍體。

於此同時，小墨看到帶頭批評的竟是自己班上的小貴同學。

「真是奇怪了，剛才他不是還積極提議要大家都來參觀水池，一副很支持小杰的樣子，怎麼現在卻嚴厲的批評起來了呢?這個同學是雙面人嗎？」小墨苦惱的自言自語著。

站在一旁目睹事情經過的朱朱仁，低著頭把手上的飲料一口氣吸光，默默的從人群中離開了。

8

黑面琵鷺

時序進入初秋的九月，在韓國北方的一處河口區，水溫慢慢的變冷了，從北方吹來的強勁季風也將在今晚抵達。

牠一邊前進，一邊將琵琶狀的黑色長嘴放進水裡，快速向左向右的擾動著河水。那些被亂流擾暈的魚，一旦被捕獲就注定進了黑琵的肚子裡。

沒有時間可以浪費了，就要啟程飛往南方，停棲在溫暖而魚群豐盛的地區，渡過一整個冬天。

大夥兒都急切的埋頭捕魚，因為必須趁著上路前，盡量的填飽肚子。要是身體累積的熱量不足，將面臨飛不到休息點就會死亡的命運。啟程南遷之際，任何準備步驟可是一點兒都馬虎不得的。

夜幕降臨，一陣冷風吹向河口。

牠感到早已失去腳掌的左腳有點痠痛，那是長久以來的老毛病了。說也奇怪，明明只剩下右腳站在河水裡，單獨承受著身體的重量，應該是右腳要感到痠痛才對。

可能是因為那次失去左腳掌的痛楚太強烈，記憶中的痛，幻化為實際的感覺，變成了真的痛。

然而實際的收穫是：右腳變得更強壯了。強壯到足以對抗地心引力，足以堅強的求生。

至少十年了，牠年復一年南來北返的英雄氣概，在同伴之間持續流傳著。不但如此，今年又接下先鋒部隊的光榮任務，將帶著幾隻年輕的同伴，南下飛往牠喜愛的島國棲地——台灣。

並非不害怕，因為每一段航程都是未知數，考驗著牠身為領隊的技能，但是牠知道，惟有向前飛行，才能將疑慮拋在後面；惟有不斷練習，才能將風險降到最低。身為一隻候鳥，沒有任何多餘的

時間可以用來自憐和猶豫。

近午時分，暑氣猶存的秋陽，照射著大地產生了向上攀揚的熱氣流。牠發出一陣長鳴，作出長途飛行前的振翅，正式的昭告同伴們：啟程的時間到了。沒多

久，牠俯身低鳴再猛然向上一振，寬大而雪白的雙翅隨即將身體帶離地面。牠帶領同伴們搭上熱氣流攀揚的上升電梯，再俐落的轉進冬季南下的風流裡，展開南下遷徙的旅程。

都各就各位了吧？用善於聆聽的耳朵、用精於捕捉影像的眼睛、用樂於回應同伴的鳴叫，在確定大夥兒都飛抵了安全高度之後，牠將一又二分之一的黑色長腳，慢慢的往身體尾部收攏。

跟隨著腦海裡與生俱來的導航系統，以及經年累月的飛行經驗，在歷經十幾天的航程之後飛抵了台南，停棲在擁有豐富魚群的曾文溪出海口。牠，是小杰口中的勇腳仔黑琵。

週末一早，小墨便帶著阿母做的水煎包出門，要探望這禮拜以來因為水池事件備受打擊的小杰。

「阿嬤您好，我來找小杰，這是我阿母做的水煎包，趁熱吃！」小墨說。

「小墨，怎麼那麼客氣啦，妳快進來坐，我去叫小杰。」阿嬤進房間把還在睡覺的小杰叫醒，然後到前院整理資源回收物。小杰因為昨天很晚才睡著，所以直到剛剛都還在賴床。

「小墨姊姊，歡迎光臨！」小乖看到客人總是很開心，並且不吝於展示牠說話的才藝。

「小墨早，妳是來拿數學參考書的嗎？應該我拿去還給妳的，不好意思我睡太晚了。妳等一下要去圖書館了嗎？」

「參考書不急啦，那些我都會了，你留著慢慢看。還是你要一起去圖書館？期中考要到了，我可以幫你抓數學重點題。」

「老實說我今天哪裡都不想去，更別提數學了。」小杰回答得有氣無力，才剛起床的他又躺在阿嬤新買的沙發裡。

「咦？這沙發是新買的，很舒服耶，你家之前的木頭沙發呢？坐起來屁股很痛的那個……喔，不是啦，只是要坐得很端正就是了，不能像你現在這樣子躺著。」小墨自認好像說了不禮貌的話，面帶尷尬的吐了一下舌頭。

「我還是比較喜歡以前的木頭沙發。」小杰說。

「為什麼？」

「因為那是我阿母曾經坐過的椅子。」

接著小杰跟小墨說了阿爸即將再婚的事情，所以家裡添購了許多新家具代表喜氣。然而這在小杰心中卻成了送走舊人的感觸。

「有時候大人所追求的幸福，並不等於小孩子的幸福，這世界上並非每件事情都可以令每個人滿意。不過小杰你也不要太失望，像我們這個年紀的青少年，也有自己可以追求的快樂。」小墨說。

「比如說？」

「像是找到自己最感興趣的事情，全心的投入。像我就是很喜歡數學啦！算數學就像過關時打魔王一樣，我總是越算越起勁。」

「喜歡數學喔，妳還真是怪咖耶……還有呢？」

「結交好朋友吧?!我阿母說在我們這年紀的好朋友，友誼通常都可以維持一輩子。」

「我的朋友又不多。」小杰在腦海裡搜尋日常生活裡的朋友。

「請多多指教。」小乖為了吸引小墨的注意，趕緊插嘴表現。

「像我就覺得你和林一晨真是很好的搭擋，你們兩人一冷一熱但又能互相幫忙，只不過林一晨太有桃花運了，所以跑去約會把你冷落了！」小墨說。

「拜託，哥兒們才不計較這個的好嗎？更何況他哪有我帥？當然他對肌肉線條的追求是讓我很欽佩啦！哈哈哈！」小杰總算顯得輕鬆點了。

「當然啦，但就算是自己很感興趣的事情，常常也有卡關的情況發生。像上學期參加數學競賽，我竟然準備錯方向，結果你還記得吧？」

「記得啊，因為沒有進入總決賽，妳都哭了。而且還有人在黑板故意寫些慶祝妳落榜的風涼話。」

「班上有些同學真的怪怪的耶，像這次帶老師們參觀水池的時候，總覺得有些同學是不懷好意的批評……」小墨猶豫著要不要把小貴的奇怪行為告訴小杰。

此時門口傳來汽車停靠的聲音，是去國外出差一陣子的葉仔哥回來了。

「葉仔哥哥，我想你。」小乖開心的呼喚著。

「小乖真是聰明乖乖鳥！小杰早。喔，小墨同學也來啦？」葉仔哥開朗的跟屋裡的每個生物打招呼。

「葉仔哥，你今天怎麼開車來了？是因為載了很多賞鳥裝備嗎？」小杰問。

「對呀，我等等要去七股的黑面琵鷺保護區，今天可是有重要的任務喔！」

「黑面琵鷺！」小杰和小墨同時大喊。

「怎麼了？」

小杰和小墨把上次在溼地巧遇勇腳仔黑琵的事情告訴葉仔哥，還拿出那天拍到的照片。

「哇噻，小杰你這些照片真是太珍貴了，這可以讓大家知道黑琵來台南度冬，牠們一路上會經過的停棲點，對於我們的研究真的非常有幫助。而且，你們說的勇腳仔黑琵就是我今天的重點觀測對象耶，這照片真是太棒了！」葉仔哥興奮的說，看著照片的眼神炯炯發亮。

「葉仔哥，那我今天可以跟嗎？」小杰說。

「那我也可以跟嗎？我也想看勇腳仔黑琵，牠真的好酷喔！」小墨說。

「這哪有什麼問題？這樣我們中午要吃飽一點，因為野外觀察可是很耗體力的活動。」

大家吃著阿嬤煮的豐盛午餐，還帶了許多點心以備肚子餓時可以充飢。

午後，來到台南七股的台江國家公園，葉仔哥把車子停在一處農地附近，準備前往黑琵保護區的賞鳥亭。

葉仔哥一一的將賞鳥裝備扛在身上，像是單筒望遠鏡、雙筒望遠鏡、攝影器材以及筆記型電腦。

「葉仔哥，你這樣子看起來好專業喔！」小墨說。

「葉仔哥，你這身打扮也太帥了吧？阿嬤老是擔心你找不到老婆，現在這種賞鳥達人的帥樣，我會叫阿嬤不用替你擔心啦。」小杰邊說，邊幫葉仔哥拍了一張照片。

「不，小杰你誤會了，這不是帥，這叫宅氣沖天。我想只有黑琵美女了解我的心，哈哈哈。」

小杰和小墨在葉仔哥的教導下，學會了怎樣透過望遠鏡欣賞野鳥，以及一些賞鳥人該有的規範，像是應該輕聲細語、保持安全距離、勿採用誘捕及誘食的方式吸引野鳥靠近等等。雖然聽起來很基本，但卻也是一般賞鳥人最容易違反的規矩。

當然今天的目標，便是尋找勇腳仔黑琵。河口聚集了各種水鳥，今年飛來的黑琵數量眾多，保護區給了牠們最友善的渡冬棲所。那一身優雅的雪白、高䠷的姿態、覓食的奇特動作，以及同伴之間嬉戲、互相理羽的和諧景象，讓人深深感受到這種大自然專屬的美麗。其實不僅是黑琵，還有所有在此駐足的水鳥們，是牠們溫暖了這片河口蕭瑟的寒冬。

「勇腳仔黑琵真是賞鳥人士心目中的英雄。每年這個時候，都有很多人專程到這裡等牠！」葉仔哥說了牠十年來不畏艱辛，來台渡冬的故事。小杰聽了覺得非常佩服，也為自己曾經親眼看過牠而感到非常幸運。

葉仔哥一邊在筆記型電腦記錄著各種資料，還打了幾通電話和別人討論事情，工作充滿熱誠而專注。之前小杰對葉仔哥的羨慕心情，比較偏向是間接的訊息，像是大人們對葉仔哥的稱讚、阿嬤所收藏葉仔哥的各種獎狀等等。而今天來到這裡，看到他為黑琵努力工作的樣子，讓小杰實際感受到葉仔哥的認真。不禁想像著，如果將來有一天，能像葉仔哥一樣擁有專業知識，投入自己喜愛的工作中，不知該有多好？但是，我又不像葉仔哥那麼聰明；或者，需要的不止是聰明？有些事情不一定只依靠聰明，而是願不願意去做。像調查黑琵，除了專業知識之外，更需要的是辛苦的守在寒風中。對了，學校水池發生的問題，晚上得跟葉仔哥討論一下該怎麼辦才好，我不能就此退縮。

這個時候，在小杰心中所描繪的，是一種即使平凡如自己，也有能完成任務的勇氣，就好比勇腳仔黑琵一樣。

整整一個下午，三個人看了很多很多的黑琵，但始終沒有找到勇腳仔。也許是跑去別的地方玩了，也許是混在同伴之中難以察覺。

「沒關係，一直到三月份，黑琵們都還會在這裡，葉仔哥再常常帶你們來找牠。」

差不多該回家了。走到葉仔哥停放車子的農地前面，看到一個學生模樣的男孩子，正在田裡忙著採摘青菜，真巧，竟是朱朱仁同學。原來這裡是朱朱仁家的農地，他在週末還要幫忙採摘農作物。小杰和小墨跑過去跟朱朱仁打了聲招呼，開始閒話家常起來。自從班上開始整頓教室環境以來，雖然朱朱仁很愛抱怨但也是改變最大的同學。不過或許是想起上週聖誕夜時，自己先落跑的事情，現在私下面對小杰，朱朱仁覺得有點尷尬。

點心總是有用的，小墨看到朱朱仁這麼辛苦，把還沒吃的點心給了他。朱朱仁放下菜籃，便開心的吃起點心。

把賞鳥裝備收妥放進車子裡的葉仔哥，正朝他們三人走了過來。

「咦?!這不是葉仔哥嗎？」吃著點心的朱朱仁說。

「朱朱仁同學，又來幫媽媽採收青菜了？」葉仔哥說。

「你們兩個怎麼會認識啊？」小杰說。

「葉仔哥常常來這裡，我們家都認識他。而且更重要的是，他曾幫了我們家的大忙，幫助我們免於受到流氓的騷擾，是我們家的大恩人。」朱朱仁說，因為有財團想在附近開渡假村，附近農地主人擔心廢水排放對農地造成汙染，屢屢向財團表達抗議。而葉仔哥就是那個幫助大家爭取權益的人，因為他具備了生態上的專業知識，令財團無

法反駁，但也因此成了眼中釘，之前還在衝突中受了傷。

「葉仔哥，原來你是小杰的乾哥哥啊！我家的事情真是很謝謝你的幫忙。」朱朱仁說。

接著，朱朱仁帶三人參觀自家的農地，還秀了幾手採摘青菜的技巧。農地上方有一處水池，這是用來調節灌溉水源的埤塘，對於農地耕作有很大的幫助。小杰看到池裡有小魚悠游，還有水生植物蓬勃的模樣，心中很是羨慕。對照起自己處理班上水池的窘況，忍不住嘆了一口氣。

「朱朱仁，你家的埤塘好漂亮喔！原來你還懂滿多的耶！真希望你也能成為搶救水池大作戰的一員。唉，最近班上水池的狀況實在是有點令人擔心。」小墨說。

「喔？水池發生什麼事了？」葉仔哥問。

小杰將最近一直有小魚死掉，植物枯萎的狀況說了一遍，但是又苦於找不出原因。

「應該是水質出了問題，我去幫你們看看。不過，不是一直都有兩位同學幫忙監測水質嗎？」葉仔哥說。

「其實我知道問題可能出在哪裡啦！」朱朱仁說。

「什麼問題？」小杰著急的問。

朱朱仁把有人偷倒廚餘到水池，以及一早看到小貴的過程說了一遍。

「我就覺得小貴怪怪的耶，我的第六感果然是對的……」小墨說了在小杰演講那天，小貴一方面積極要大家參觀水池，可是到了水池之後卻又帶頭批評的事情說了一遍。

「看來水池是被刻意汙染了，而且水質監測的數據是假的。」葉

仔哥說。

於是三個同學開始討論該怎麼面對這個情況，以及怎樣想辦法解決。

葉仔哥看著三個小毛頭正經八百的討論這些事情，感嘆的想著，小杰也到了會遇到這種問題的年紀了啊。不，應該是只要在團體裡，就都會遇到這種問題吧。

9 衝刺吧，學期衛生評鑑

清晨時分下了點雨，現在已經放晴了，今天應該是出太陽的好天氣。

小貴同學這陣子特別早起，總是第一個到班上上課。他喜歡享受早上空無一人的教室，可以靜靜的閱讀自己喜歡的書。最近在看的書是《孫子兵法》，這是爸爸推薦給他的必讀書單之一。爸爸從小就告訴他，成功的人清晨即起，比別人更早進行閱讀和規劃一天的工作。但成功不是只會死讀書，或是傻傻的出賣勞力，要在這世界上跟人家競爭，更要懂得方法與謀略。

今天讀到了三十六計的隔岸觀火：

「陽乖序亂，陰以待逆。暴戾恣睢，其勢自斃。」

翻成白話文的意思就是：敵方內部總有產生矛盾和秩序混亂之時，我方一定要靜靜等待。直到敵人自己發生暴亂，反目成仇，就會

自取滅亡。

小貴沒有把演講比賽換人的事情告訴爸爸，因為他覺得這次根本就是一個意外狀況，下一次的演講比賽一定又會是自己。

但是，為什麼偏偏是小杰呢？這個功課不好又毫不起眼的傢伙，竟然代替自己參加，什麼搶救水池大作戰？而且還獲得一致好評，這真是太不公平了。

不過沒有關係，那天水池那種混亂的狀況，便足以讓那群人自己互相爭吵了，還能繼續下去嗎？真是笑話。

他將書本闔上，起身走到教室後方，提起沉甸甸的廚餘桶，準備前往水池。

「如果你們能通過水池被汙染的考驗，那才是真的厲害。」從一開始，他便以這個理由說服自己。

「你們當初只是覺得好玩而已，林老師竟然跟著你們瞎起鬨，派那麼多同學去幫忙。但我覺得一點都不好玩。」

小貴走向了水池，走進被樹叢遮蔽的隱密角落。他有種奇怪的感覺，覺得今天的廚餘桶特別沉重。

他停下來，把水池中的植物撥開，打開了廚餘桶。然而廚餘桶裡面沒有廚餘，卻有一整桶的彩色石頭。他感到很困惑，納悶的看著石頭。

這時有幾個人從水池另一側跑了過來。

「抓到了，你這個偷倒餿水的人。」小墨一馬當先，指著小貴手上的廚餘桶。

「真的是你呀，幸虧被我發現得早，你到底這樣偷倒多久了？」朱朱仁說。

「你為什麼要這麼做？」小杰問。

小貴眼眶泛紅，雙腿發軟，然而他並沒有打算辯駁。

「因為我討厭你們。」

他跑回教室，拿了書包便匆匆的離開學校了，放在桌上的《孫子兵法》，並沒有帶走。小杰等三人，把這一區的髒東西清理乾淨之後，將方才那一桶彩色石頭鋪上去。鋪上彩色石頭是小墨的主意。

「這是代表重新開始的石頭。」小墨微笑著說。

小杰感動的看著小墨，覺得有這個朋友真好。

班長曉青打聽了水質監測的事情，兩位自然科資優班的同學小致和可新支支吾吾的回答，意思就是說這兩週忙著準備考試，所以僅填寫舊資料交差。因此兩位同學已不適合再繼續擔任此項任務，改由班長自己處理。

當天，林老師便得知小貴的錯誤行為是導致水池汙染的主因，如今這層因素消除了，小杰等人與參與的同學再次分配好工作，讓大家對自己在做的事情重新產生信心。

另外，林老師也告知班上所有同學，往後值日生的工作絕對不可由別人代替，無論那個人有多麼願意代勞，以避免再次發生小補那種情況。

至於小貴，由於犯錯被記了警告，圍繞在他身邊的小粉絲也慢慢的減少。因為已不在眾人注目的光環下，使得小貴轉而將心力投注於閱讀上。不久，在林老師的鼓勵下，在班上成立了一個小小的書籍交換站，讓班上同學可以互相交換書籍閱讀。藉此，小貴自己總算也慢慢走出犯錯的陰霾。

過了幾週之後，水池總算逐漸恢復成往日的生機。其他同學看到水池生機蓬勃的模樣，紛紛要求加入參與。林老師看到搶救水池大作戰的計畫，讓班上的同學有了更高的向心力，更多的同理心，心裡感到很是欣慰。看到每一個同學，因為受到良好目標的驅動，而能發揮自己的潛力和創意，自己也備受鼓舞。

時間過得很快，已經來到學期末，除了要開始期末考，學校也將對班級在各項表現上逐一驗收。

這天，總務處劉主任來到了水池，聽到潺潺的流水聲，看著小魚自在的悠游，還有水生植物姿態昂然的挺立著，真是滿意又感激。

「其實過去是我們一直忽略了，這真的要謝謝林老師班級的努力。」

「當初是小杰同學的想法，沒想到真的實現了。」

「謝謝所有參與的同學們，給了我們一個美麗的生態水池。」

來參觀的老師們互相交談著，對於水池的重生感到很高興。

一隻翠綠色的鳥兒飛來，在水池邊上的石頭駐足許久，正專注的看著水池的動靜。牠展翅一躍飛起，在水池上方的某處定點懸停。倏地，俯衝入水捕魚。頃刻功夫，出水時已銜住一隻小魚。回到池邊的石頭上，將嘴上的小魚甩暈之後，便吞下肚子。牠用嘴整理了一下方才被水沾溼的羽毛，拍了幾下翅膀，然後

再度回到等待的姿態。

「好美的鳥兒。」小墨說。

「捕魚的技巧真是厲害，我有時也會在我家的水塘看到牠。」朱朱仁說。

「那身翠綠色的羽毛，在陽光下真是耀眼。」林一晨說。

「牠是翠鳥，又稱魚狗，是捕魚高手。」小杰說。

學期末的衛生評鑑出來了。

在全班同學通力合作下，小杰的班級總算擺脫了吊車尾命運，獲得

全校第三名。另外，還獲得校長頒發的特殊獎項，那就是搶救水池大作戰的計畫，獲得了傑出生態貢獻獎。

林老師為了獎勵大家，在小杰的建議下，於學期末最後一天，帶著全班到台南七股的黑面琵鷺保護區郊遊，而且還有葉仔哥擔任駐站導遊。

班上同學們相當期待這次的郊遊，雖然有些同學在台南長大，卻未曾到這裡欣賞水鳥，更別說看過黑面琵鷺了。

葉仔哥向大家介紹黑面琵鷺的各種面貌，像是牠們在北方繁殖地結婚，生了黑琵小寶寶，等到了秋天，就會飛到南方渡冬。而台南的曾文溪口，因為近年生態保育良好，河水乾淨，魚群豐富，且有專區保護以免人為干擾，所以成了黑琵們最愛來的地方。

第一次在賞鳥亭欣賞水鳥的同學們，莫不被大批水鳥駐足的河岸風光給吸引，紛紛搶著觀賞望遠鏡頭裡各種水鳥的千姿百態。其中，黑面琵鷺更是看過就絕對會記得的大水鳥。

而小杰和小墨及林一晨三人，正從眾多黑琵裡尋找勇腳仔的身影，不知道今天是否能夠找到牠。

時序進入初春的二月，勇腳仔和大夥兒來到曾文溪口已經有五個月的時間了。雪白的頸子開始換成金黃色的羽毛，頭上也慢慢的長出如皇冠般豎立的金黃色飾羽。為了能吸引異性的注意，顏色當然是越亮麗越好。而當春風吹撫，頂上的皇冠便隨著風兒搖曳，那飾羽飛舞的曼妙模樣，正好用來向異性展現健康與魅力。

年齡稍長的勇腳仔，不像其他剛成年的黑琵們，急於跟同伴們較量自身的生理特質，而是計劃著北返時的路線。所以身為領隊的

牠，也有想要獨處的時光。

台南是牠熟悉的地方，但一定還有許多陌生的角落值得前往。正是帶著探索的心情，在去年九月底剛抵達曾文溪口時，便曾獨自飛到其他地方察看。

九月底某一天，勇腳仔飛到了一處小型的溼地，那是個美麗又安靜的地方。黃昏時分，牠享受著夕陽西下的餘暉，釋放了長途飛行的疲憊。牠看到一個人類男孩，獨自坐在河堤上。男孩若有所思的神情，吸引了牠的好奇心。有什麼憂傷的事情嗎？有如失去什麼重要東西的暗澹心情，這是勇腳仔在年少時光也曾經體驗過的。此刻，牠覺得牠感受得到這個人類男孩的憂傷。

記得十多年前剛失去左邊腳掌的時候，那真實的痛楚延續了數個月，好不容易才終於慢慢減輕下來。為了能趕上覓食的進度，牠花費了很多精神訓練自己。當終於能靈活的控制單腳前進時，牠感到莫大的喜悅，像是獲得重生一般。而這些都是可以克服的，也非克服不可，否則在競爭激烈、敵人環伺的野外根本就無法生存。

但是比這可怕的，竟是同伴們的眼光和耳語。黑琵是喜好群居的水鳥，經常互相理羽及嬉戲。失去左腳掌的勇腳仔，成了同伴眼中的異類，受到了排擠。不知經過了多久，也許是一陣子，也許是經過了漫長的歲月，勇腳仔證明了自己的堅

強和生存能力，再度活躍在黑琵群體中。

時間晚了，該是回去曾文溪口跟同伴們相聚的時刻了。勇腳仔發現人類男孩正在看著自己，那是一種無助又寂寞的眼神。

現在進入二月了，大夥兒又開始盡可能的大量覓食了。為了北返而作的準備，除了覓食累積身體熱量之外，還要尋找合意的配偶，以便回到繁殖地後共同養育下一代。

今天，來到岸邊遊玩的人類小孩比平常多，勇腳仔感覺到他們似乎都帶著愉快的心情在交談，並時時將眼光投射到自己所處的這片河口。在這個區域，即使人類的數量再多也不用擔心，因為人類並不會進入自己所在的區域，也不會作出對自己有害的舉動，因此大夥兒都能安心的休息和覓食。

勇腳仔想起上次遇到的那個人類男孩，他當時就穿著跟今天來

的一大群人類小孩一樣的衣服。人類真是有趣，沒有羽毛的他們，平常總是各自穿著不同的衣服，但有時又會有一大群人穿起相同的衣服。

勇腳仔飛了起來，在河口繞了幾圈。或許，在這一群人類男孩之中，也會有上次那個憂傷的男孩。

牠決定，要稍稍的往岸邊飛近一點。

牠往岸邊的賞鳥亭飛了過來。

葉仔哥率先發現了那飛來的竟是勇腳仔的身影，沒錯，是牠。便立刻呼叫小杰抬頭觀望。

「是勇腳仔耶，真的是牠！我敬佩的勇者。」小杰感動的呼喚著。

勇腳仔感到人類善意的耳語傳遞著，吸引牠往下探視。不久，牠便在人群中看到了小杰仰望的臉孔。

「是那個憂傷男孩。」勇腳仔低鳴了一聲，像是在回應小杰。

勇腳仔凝望著小杰，在上空繼續盤旋了一圈。

「男孩現在有了許多人類小孩陪伴著他，而他看起來也已不復往日的憂傷面容，還多了自信感。這是好的轉變，就像我們隊伍裡，那些剛剛完成首航的黑琵青少年們一樣。」勇腳仔看到了令牠放心的畫面。

牠再次低鳴一聲，像是說著後會有期一般，便慢慢的飛回河口區了。

「我覺得勇腳仔就像我們的幸運星一樣，一路上陪著我們。」小墨說。

「對耶，希望以後可以常常遇到牠。」林一晨說。

「但願勇腳仔每年都能順利到台南渡冬！」葉仔哥說。

「下次再見，我的勇腳仔。」小杰對著飛向遠方的勇腳仔說。

10

最好的禮物

過完農曆年了，前幾天的迎新年鞭炮聲好不熱鬧，今天早上就顯得安靜多了。

春天的陽光淡淡的曬進院子裡，羊蹄甲像是受到鼓勵一般的張開粉色的花蕊，大方的享受著陽光。芳香的味道引來了一群小鳥，鳥兒們一邊啜飲著花蜜，一邊輕聲的鳴唱。

阿嬤拿著阿爸送給自己的新年禮物，一支新的智慧型手機，對準擺在客廳電視櫃上的一個獎牌，連拍了幾張照片。選來選去總算選好一張滿意的照片，將照片附在訊息裡，輸入一段文字之後，傳遞給聯絡簿上的對方。確定夾帶照片的訊息完成傳送後，露出了滿意的微笑。然後拿了些東西，穿上外套便出門去了。

被窩中的小杰被院子裡的鳥聲吵醒。揉揉眼睛、伸了伸懶腰之後又捲著被子繼續躺在床上發呆。

「是綠繡眼在唱歌呢，聲音還真是可愛。」

這陣子以來，在葉仔哥的帶領下，認識的鳥兒變多了。像現在一聽到鳥鳴聲都可以說出鳥名了！

床邊的鬧鐘顯示著八點半，沒關係，還可以繼續賴床，是寒假嘛！

小乖可能被阿嬤拿出去曬太陽了，客廳裡一點聲音也沒有。

小杰多賴了十幾分鐘，總算起床了。

阿嬤不知跑去哪兒了？不在家裡。這陣子阿嬤又開始忙碌起來，一大早就出門，有時一天出門好幾趟。每次出門總是帶著筆記本，脖子上還掛著計數器。回家後還慎重其事的拿著計算機算個老半天。

小杰刷牙洗臉完畢之後，到後院跟小乖玩了一陣，然後吃著阿嬤放在電鍋裡的早餐。

阿爸在上個週末結婚了。

結婚的喜宴氣氛溫馨，雖然簡單但卻隆重。大人們都很高興，尤其是阿嬤還高興得流下了眼淚。從那一天開始，沈阿姨變成了李太太，心怡變成了自己的妹妹。

隔幾天阿爸他們就回去新竹了，因為沈阿姨……，不，是新媽媽的便利商店要開店做生意，所以得趕回去才行。

這是多了家人的情況嗎？小杰怎麼覺得自己的生活一點也沒有改變，而且，好像也沒有太多新的感想。

阿爸要回新竹前，一再交代自己，趕快把學校的事情告一個段落，看能不能盡快轉學，新竹的學校他都找好了。

「有時候大人所追求的幸福，並不等於小孩子的幸福，這世界上並非每件事情都可以令每個人滿意。」小杰想起上次小墨說的話。

「對呀，像我就比較喜歡住在台南耶，我才不想搬去新竹。這裡有阿嬤和小乖、還有好朋友和葉仔哥啊！而且，學校那邊也有了我喜歡做的事情……」小杰自言自語著。

咦?!不對，不能說沒有新的感想，我剛剛自己都說了，不是嗎？

「像我們這個年紀的青少年，也有自己可以追求的快樂。」這也是小墨說的，她說的話真有意思。

叮咚！

小杰的手機收到了一則訊息，是小墨和林一晨發來的群組聊天訊息。以前只有三個人的聊天室，最近加進了朱朱仁。

「今天想去台南公園玩，我要好好騎一下腳踏車，過年吃太多都變胖了。」小墨說。

「今天應該要大力橫掃台南美食，我要吃的只有鹹的和甜的兩類。鹹的是鹹粥、割包、蝦仁肉圓、意麵。甜的是布丁、草莓大福、水果盤和紅茶。你們呢？」朱朱仁說。

「去哪兒都好，不介意我帶個朋友吧？其實是我新認識的乾妹妹啦，哈哈。」林一晨說。

四個人最後決定到台南公園碰面。

臨出門前，小杰把小乖拿進屋子裡，並且打了電話給阿嬤。

「阿嬤，我今天要和同學出去玩，晚上才會回來。妳在哪裡啊？」

「我有事情在外面忙啦，乖孫出去玩要小心喔！阿嬤不跟你說了，電話費貴鬆鬆的，掰囉！」

阿嬤最近怎麼神祕兮兮的啊？哪有那麼多事情好忙？也不像是去

撿寶特瓶的樣子，真是奇怪！

「啊咿嗚ㄟ歐，就在今夜，阿嬤要去公園跳探戈，探戈探戈，傷心ㄟ探戈……」聽到阿嬤關鍵字，小乖唱起小杰曾經改編的歌，而且這一次發音還滿標準的。

小杰和同學們約在台南公園附近見面。大家騎了腳踏車、吃吃喝喝，開心的度過了一天。此時小杰更加覺得，台南真是個令自己很自在的地方，他不希望搬去陌生的新竹。

天黑了，該準備回家了。

小杰和小墨家住得比較近，兩人一起結伴回家，邊走邊聊天。

「小杰，那你以後要搬去新竹了嗎？」小墨問。

「我不是很想耶，雖然沒有去過新竹，但我很喜歡這裡呀。這裡

的一切是那麼熟悉，還有阿嬤也住在這裡，而且……」小杰欲言又止。

「而且，也是你媽媽住過的地方。」

小杰沒有回答，只是拍了拍剛剛沾到灰塵的袖子，然後前後左右仔細地檢查了一會兒，潔癖的習慣依然如昔。

「你媽媽是怎樣的人啊？」小墨像是想到什麼似的。

「喔？怎麼突然間問起這個？我記得媽媽她是個溫柔的人，很喜歡小朋友。那時候都在課輔班幫小朋友複習功課。」

「而且，你媽媽是個很愛乾淨的人對嗎？」小墨說。

「妳怎麼連這個也猜得到？」

「因為你就是很潔……，我是說你很愛乾淨啦，一定是遺傳自媽媽。」小墨原先想說的其實是潔癖。

「或許吧！」小杰說。

小墨想起在學校的時候，有時當同學們聊起自己媽媽的時候，她一眼撇見小杰臉上，流露出些許黯然的表情。那種失落跟孤單，是惟有像小杰這樣從小失去媽媽的人才能體會的。然而可以體會，並不代表可以適應，有的只是更多無法被滿足的渴望。她有個和自己無話不說的好媽媽，而這一陣子和小杰相處下來，似乎更能看出那種差異性。沒有媽媽疼愛的小孩，心中總有個暗矇矇的角落，而小杰正是用了潔癖去填滿它。

「對了，還記得這個吧？」小墨從包包裡拿出一小袋東西。

「彩色石頭？這不是那時候妳拿來填水池的石頭嗎？」小杰說。

「對呀，現在這一袋要送給你。」

「喔？為什麼？我家又沒有水池……」小杰不解的看著石頭。

「還記得我們那時候為什麼要放彩色石頭嗎？」小墨問。

「因為要除去被廚餘汙染的角落，妳還說彩色石頭代表了重新開始。」小杰說。

「是這樣沒錯喔！新的一年剛剛開始，希望彩色石頭趕走你心中的陰影，不管那是什麼。還有，無論你是要留在台南或是搬去新竹，我都希望你開開心心、有好的開始。」

小杰聽了小墨一番話，感動莫名。她竟能猜到那些自己藏在心裡的祕密，這個同學還真是個心思細膩的怪咖。

「我知道了，謝謝妳小墨。走吧，我請妳吃冰淇淋！就在前面那一家。」

「太好了！走吧！」

兩個人開心的吃了冰淇淋，聊聊寒假期間發生的趣事，便互道晚安回家了。

小杰回到家中，看到葉仔哥來了，坐在客廳看電視。而阿嬤則坐在她的書桌前，一邊翻著密密麻麻的筆記本，一邊拿著計算機，正聚精會神的研究著什麼。

「小杰，你回來的正好，我給你看個東西。」葉仔哥邊說邊把電視聲音調大聲。

他正在看的是專門介紹生態和環保相關的節目。

「喔?!是在講黑面琵鷺的專題耶！」小杰說。

「沒錯，才剛剛開始而已。」

「太好了，我趕快叫小墨他們一起看節目。」小杰邊說邊發了群組訊息給小墨他們。

「這個節目前前後後總共花費了三年的時間製作的，裡面有很多我們團隊提供的研究資料和影片喔。而且，小杰你上次拍到的那幾張勇腳仔的照片，更是補足了黑琵停棲點的重要訊息，真是太棒了。」葉仔哥看起來相當高興。

聽到葉仔哥這麼說，又看到節目裡播出黑琵的各種珍貴資料，小杰覺得很開心。

「對了，小杰，因為這半年來的研究資料比之前更加完整，使得關心黑琵的人越來越多了。因此我們也順利得到一筆補助的經費，這樣接下來可以做更多的事耶。」

「真是替你高興耶。葉仔哥，我好羨慕你的工作喔，希望我將來也能跟你一樣，專門研究怎樣保護黑琵，這樣我就可以常常看到勇腳仔了！」

「那我要帶你到河口的溼地作特訓。只不過要有心裡準備，常常會像我這樣，弄得渾身髒兮兮的喔！哈哈哈。」

「別擔心！我覺得溼地的泥巴其實一點都不髒，而且土地是孕育生命的母親，更應該好好珍惜才對。現在的我跟之前不一樣了！呵呵。」小杰說。

「小杰，我會把一身的絕活全部教給你，好好加油吧！」

「嗯。」

小杰和葉仔哥一起開心的看完黑琵專題節目。因為明天早上還有事情，葉仔哥便又騎著他的老爺車回去了。

這時候在書桌前忙了一整晚的阿嬤總算忙完了，站起來伸了伸懶腰，把桌子收拾了一番。

小杰注意到電視櫃上擺了一個獎牌。那是在放寒假前的結業典禮上，校長頒發給自己的傑出生態貢獻獎，這是他第一次獲得自己專屬的獎牌。本來那天拿回家後一直放在房間的桌上，今天被阿嬤拿了出來，還把它擦得亮晶晶的，端端正正的擺在客廳的電視櫃上。

「小杰，我有事情要問你。」阿嬤說。

「什麼事啊？阿嬤？」

「你想要轉學到新竹嗎？還是想要留在台南繼續念？」

「我跟阿爸說過了，我比較想留在台南繼續念。而且，我也想跟阿嬤一起住。」

「我的乖孫長大了，阿嬤很高興你喜歡跟我住。不過……你跟阿爸他們住的太遠，一直這樣不太好。阿嬤已經想好一個辦法了。」

「什麼辦法？」小杰看到阿嬤的眼睛，正炯炯有神的發著亮光。

阿嬤拿起電話，按了阿爸號碼的快速鍵。

嘟嘟嘟，嘟嘟嘟嘟。

「順仔，我阿母啦。」

「阿母，我有收到妳早上傳來的訊息啦，剛剛才有空看。照片上那個獎牌，是小杰的耶，我兒子怎麼這麼厲害?!」

「你現在才知道小杰的厲害喔？小杰上學期在學校做了很多事耶，這麼重要的事情，你這個做阿爸的，平常就要多關心一下……」

阿嬤對阿爸說了小杰在學校搶救水池大作戰的事情。老人家說故事的功力真不是蓋的，竟能有如親臨現場般的從頭到尾講一遍。可以預料到在未來的日子裡，肯定還能一字不差的重播好幾次。

「我知道了啦，這是我的疏忽。我都只顧著忙自己的事情，一直沒有好好關心小杰。」阿爸說。

「順仔，這也不能怪你啦。對了，有件事情要跟你們商量一下。」

「什麼事啊？」

「是有關於回來台南開便利商店的事情。我發現，我們家這裡很適合開一間。」

「阿母妳……怎麼會有這個想法？」

「你記得你小學的時候，我在學校福利社工作的事吧。」阿嬤說。

「對喔，我想起來了！阿母妳那時候每天都忙到很晚，但是工作得很快樂。」

「這個週末你們回來，我準備了一些資料，我們全家人一起商量一下。」

「是！阿母，我了解了，我也覺得是可行的方法。那讓我跟小杰講一下。」

阿嬤把電話交給小杰。

「阿爸，我小杰啦。」

「我的乖小杰，我剛聽你阿嬤說了！你怎麼那麼厲害！原來你說在學校忙的就是這件事情喔，這週末我們回去要幫你好好慶祝一下。」

「謝謝阿爸。對了，便利商店生意還好嗎？」

「過年期間當然也很忙啦。不過其實我們也有在考慮，便利商店去哪都能開，雖然經營客源需要一點時間，但是仔細想一想，一家人住在一起比什麼都重要。」

「嗯，我也這樣覺得……一家人住在一起比什麼都重要。」小杰說。

「阿爸真的很替你高興。」

隔著電話，小杰感受到阿爸發自內心的喜悅。

掛上電話之後，小杰看到阿嬤正笑瞇瞇的看著自己。

「阿嬤，妳剛剛說，要叫阿爸他們在這邊開便利商店的事情，這是真的嗎？」

「小杰，你來看看這個。」

阿嬤拿出她這幾天一直帶在身邊的筆記本，打開一看，裡面記錄了很多資料。像是各種行人數、採買商品的習慣……等等各種資料。

「阿嬤，原來妳這陣子就是在忙這件事喔？還帶了計數器，真是專業級的耶。」

歡迎光臨
便利商店
Coffee
牛肉麵

「我年輕時候在福利社工作，最喜歡幫老闆記錄客人買東西的資料，記錄久了自然有很多心得。不過你的新媽媽應該更厲害，現在的人都用電腦了。阿嬤只是先作一些很基本的調查啦。」

「原來我的阿嬤這麼厲害。開便利商店這個主意聽起來不錯耶！而且，我們的店也可以做資源分類及回收喔。」

「小杰，你覺得這樣安排好不好啊？」阿嬤俏皮的眨了一下眼睛。

小杰覺得心口一整個暖暖的，感動的看著阿嬤，久久。

「阿嬤，便利商店，歡迎光臨。」

在一旁才剛剛睡醒的小乖，馬上又學到了新的詞彙。

九歌少兒書房 245

小杰和他的勇腳仔

著者　阮聞雪
繪者　王淑慧
責任編輯　鍾欣純
創辦人　蔡文甫
發行人　蔡澤玉
出版發行　九歌出版社有限公司
臺北市八德路3段12巷57弄40號
電話／25776564・傳真／25789205
郵政劃撥／0112295-1
九歌文學網　www.chiuko.com.tw
印刷　晨捷印製股份有限公司
法律顧問　龍躍天律師・蕭雄淋律師・董安丹律師
初版　2015（民國104）年9月
定價　**260元**

書號　0170240
ISBN　978-986-450-013-0
（缺頁、破損或裝訂錯誤，請寄回本公司更換）

國家圖書館出版品預行編目(CIP)資料

小杰和他的勇腳仔 / 阮聞雪著 ; 王淑慧圖. -- 初版. -- 臺北市 : 九歌, 民104.09
面 ; 公分. -- (九歌少兒書房 ; 245)
ISBN 978-986-450-013-0(平裝)

859.6　　104014966